TAKE
SHOBO

欲望の視線

冷酷な御曹司は姫の純潔を瞳で奪う

御堂志生

ILLUSTRATION
千影透子

MITSU
YUME

CONTENTS

MITSU YUME

イラスト／千影透子

欲望の視線

Yokubou no Shisen

冷酷な御曹司は姫の純潔を瞳で奪う

reikoku na onzoushi ha hime no junketsu wo hitomi de ubau

第一章　恥辱の夜

『いいかい、梨絵《りえ》。私の次に、この城を守っていくのはお前だ。立派な城主になるんだぞ』

祖父は幼い梨絵の手を引き、城の石段を一段一段のぼりながら言った。

一番上までのぼると、そこには黒い壁の天守閣がそびえ立つ。小さな梨絵には、とてつもなく大きな城に思えたものだ。

『はい、おじいさま。でも〝城主〟と〝お姫さま〟は違うのですか？　みんなは梨絵をお姫さまと呼びます』

『なんと呼ばれるかではない。その呼び名にふさわしい人間にならなくてはダメなんだ。わかるか？』

まだ小学校に上がったばかりのころだったと思う。祖父の言葉は難しすぎて、梨絵にはよくわからなかった。

梨絵が素直に首を横にふると、祖父はオレンジ色の夕日を背に、優しい笑みを見せた。

『もし、暁月城《あかつき》から離れるときがきても……梨絵、この城を四〇〇年間守り続けた誇りだけは手放さないでくれ。人を守ること、それが、城を守るということに繋《つな》がる』

いつも穏やかな祖父。

そんな祖父が、暁月城の話になると、厳しいまなざしをした。彼は常に姿勢を正し、近代化の進む戦後の日本で城を守りぬいた城主だ。強く、優しく、そして凛々《りり》しく、多くの人に慕われて……。

梨絵は祖父が大好きだった。

☆　★　☆

「……おじいさま……わたくしの決断に賛成してくださいますよね？」

いつもは見上げる暁月城を、今夜は見下ろしている。

梨絵は県内でもトップクラスといわれるホテルのスイートルームから、ライトアップされた幻想的な天守閣をみつめていた。

階下のバンケットホールで盛大な婚約披露パーティが行われたのは、ほんの数時間前のこと。

主役はこのホテルを所有している幸福屋観光の副社長、相楽刀真《さがらとうま》と、暁月城第十三代城主、九条《くじょう》梨絵。

地元の名家同士の婚約に、O市の市長までが出席。三ヵ月後の挙式披露宴も、このホテルで行うと発表した。

（ここまで大げさになるなんて思わなかったのに……）

梨絵はバスローブの上からギュッと自分の身体を抱きしめる。

そのとき、スッとドアが開いた。

室内に明るい光が差し込む。

暖かい空気を身に纏《まと》い、入って来たのは梨絵のフィアンセ、刀真だった。彼はシャワーから出て、腰にバスタオルを巻いただけの姿だ。

刀真は一八〇センチ近くある長身で、梨絵よりおおよそ二〇センチは高い。そして、服の上からでもわかる引き締まった体軀《たいく》をしている。

さらには、見る者を射抜くような鋭いまなざし、シャープな頬のライン、アッシュブラウンに染めた短めのウルフカット――過剰な華やかさを封じ込めるように、全身に纏《まと》った涼やかな空気。

彼ほど〝端麗〟という言葉がぴったりくる容姿の持ち主はいないだろう。

この春、刀真と初めて会った瞬間、梨絵はそんな感想を抱いた。

（容姿は……いいえ、容姿だけは、貶《けな》すところがないわ）

悔しいがそれは今も変わらず、まるで吸い寄せられるように、刀真の見事な腹筋に目が奪われてしまう。

「そんなに待たせたかな？」

梨絵は頬を赤く染めて横を向いた。

半裸の彼に釘付けになっていた視線を必死で逸らす。

「別に、待ってなどおりません」

「おやおや、お姫さまはご機嫌斜めのようだ」

白いタオルで髪を無造作に拭きながら、刀真は愉快そうに口にした。

（落ちつくのよ。この男のペースに乗ってはダメ……しっかりしなくては）

刀真のパーティ会場でのエスコートは完璧だった。誰もがふたりを、この二ヵ月で急速に恋に落ちたカップル、と思ったことだろう。

あまりにも急な話を怪しんでいた梨絵の両親だったが、今日のふたりを見て安心したらしい。

『今夜はふたり揃《そろ》ってホテルに泊まります。ホテルの支配人や担当者も一緒に、挙式披露宴の具体的な相談をしたいので』

そんな刀真の言葉を信用し、父などは『娘をよろしく頼みます』と深々と頭を下げ、帰ってしまったくらいだ。

梨絵はサッと身を翻し、

「わたくしにおっしゃりたいことはそれだけですか？　ほかにないようなら、これで帰らせていただきたいのですが」

上ずりそうになる声を必死で抑えた。

せめて格好くらいつけなければ――。

梨絵は祖父との約束を守るため、そして大好きな祖母のために、暁月城を継ぐと決めたのだ。女性としての人生を売り渡しても、城を守る名誉と誇りは絶対に譲らない。それは四〇〇年間、この城を守り続けた九条家に生まれた者の使命だ、と。

だが、そんな時代錯誤な誇りなど、戦後の高度経済成長期にのし上がった、名家とは名ばかりの成金、相楽家の刀真には通用しなかったらしい。

刀真はすれ違いざま、梨絵の二の腕を摑《つか》んだ。

ハッとして刀真を見上げた瞬間、彼女の唇にやわらかいものが押し当てられた。それがキスであることに気づいたのは、彼の唇が離れたあとだった。

「こういうときは目を閉じるものだよ、姫。それとも、まさかキスの経験がないとは言わないだろうね」

それは二十四歳の梨絵にとって屈辱の質問だ。

「そんなこと……。契約書を交わしたときには、こういった経験の有無など、お尋ねにはなりませんでした」

「たしかに。だが、世間一般の二十四歳の女なら、セックスの経験くらいあるだろう、と思っただけだ。言っておくが、今さら引き返せないぞ。約束どおり、私の要求にはすべて応えてもらうからな」

刀真の言葉に梨絵の鼓動は跳ね上がる。

「経験なら……あります。約束を違《たが》えるつもりはございません」

「ああ、君がそういうなら問題ない。では、最初の命令だ。そのバスローブを脱いで、窓際に立ってもらおうか」

ベッドに押し倒されることを想像していた梨絵は動きが止まる。どうして窓際なのか、考えても彼女にはわからない。

すると、大きなため息とともに刀真が一歩彼女に近づいた。

「脱げと言ったんだ。こうやって」

彼はバスローブの襟元を掴み、梨絵の上半身をむき出しにした。

驚きすぎて、梨絵は悲鳴も出てこない。

「ふーん、悪くない胸だ。さて、感度はどうかな？」

乳房をまじまじと眺めながら刀真は笑みをこぼした。そのまま彼女の背中に手を置き、グイと抱き寄せると再び唇を重ねる。

今度は梨絵もきつく目を閉じる。

すると、刀真の手のひらが梨絵の胸を揉《も》み始めた。最初は大きくゆっくり、円を描くように下から持ち上げ、押し回す。

バスローブは腰紐の部分で、袖は肘で引っかかったまま、なんという恥ずかしい姿だろう。そんな格好で男性に胸を晒《さら》しているなんて。

梨絵は羞恥《しゅうち》と息苦しさにため息をつく。

そんな彼女の吐息を勘違いしたのかもしれない。刀真はキスをやめ、余裕の笑みを浮かべて片方の乳房に吸い付いた。

先端にザラザラした舌が触れ、下腹部にピリッと電気が流れる。

その瞬間、梨絵の身体が小さく痙攣《けいれん》した。彼もそれに気づいたのだろう、片手でバスローブの裾を割った。

大きな手に、いきなり内股を撫《な》でられ……。

「あっ！　待って、いやっ」

「動くな！　今日の婚約披露で契約は成立したんだ。必要な金もすでに渡した。抵抗するなら担保代わりの権利書を取り上げて、城主の座を奪うぞ！」

わずかな抵抗も許さない、刀真の声にはそんな意思が込められていた。


——ひと月前、梨絵の祖父、九条連太郎《れんたろう》が突然倒れ、帰らぬ人となった。

享年七十八。高齢による心疾患であった。連太郎は相続税のことを考え、ひとり息子ではなく、たったひとりの孫、梨絵を相続人に指定した。

遺言書には『これ以上、土地を切り売りしないこと』『家宝を売りさばくことも厳禁』。その条項が守れないなら、九条家は暁月城に関するほとんどを国に寄付し法人化するように、と書かれてあった。

当たり前だが、現在の九条家は城に住んでいるわけではない。

城郭の最下段に位置する正門脇に建てられた城主館が九条家の住まいだ。築百年は経過した木造建築――こちらも国宝に指定されそうなほどで、よくいえば趣があり、悪くいえば老朽化していた。

そんな雨漏りのする傾いた屋敷とはいえ、祖母の志乃《しの》にとっては嫁いで五十二年、思い出の詰まった家であることには違いない。

城を寄付してしまえばここに住むことはできない。

市は九条家に代わりの住居を用意してくれるというが、そこは城から片道一時間もかかる場所だった。

『私もここで死ぬつもりでしたのに。旦那様はひとりで逝《い》ってしまわれて』

志乃は連太郎を『旦那様』と呼ぶ。それは彼女が両親を亡くし、幼いころから九条家に奉公してきたからだ。――孤児で奉公人だった自分を見初め、妻としてくれた連太郎。志乃は心から夫を慕い、尽くしてきた。

祖父母は梨絵の目から見ても、本当に仲の良い夫婦だった。連れ合いを亡くし落ち込んでいる祖母を、さらに住み慣れた家から引き離すことはしたくない。

国宝の維持など個人には限界がある。それを承知で祖父は、幼いころから城主の立場に興味を持ち、たびたび話を聞きたがった梨絵に思いを託してくれたのだろう。

祖父の期待には応えたいが……九条家の経済状況を考えれば、いずれ暁月城は寄付することになるように思う。

だが、七十四歳の祖母が天寿をまっとうするまでは……。

(それがせめてもの城主の務め。わたくしはどんな犠牲を払っても、祖母の願いを叶えたい。そして、最善の形で城を残したい!)

梨絵は決意を新たにし、亡き祖父に誓った——。


「君はこれからも、九条の姫さまと呼ばれたいんだろう? だったら、黙って足を開くんだ」

冷ややかな刀真の声に、梨絵はハッと我に返る。

そんな理由ではない。そんなことのために、取引に応じたわけでは……。梨絵は反論することを諦め、スッと足の力を抜く。

すぐに指が入ってくるのかと思ったが、刀真は一旦、梨絵を自由にした。

「いい子だ。では、自分でバスローブの裾を持ち、左右に開いて見せてくれ。城をバックに姫さまのご開帳といこうか」

このとき、梨絵はわかってしまった。

刀真は梨絵を愛していないどころか、蔑《さげす》んでいる。金も権力もない、形骸化した城主の座を守るために結婚を決めた女。そう思っているのだ。

屈辱的な命令で梨絵をあざ笑うこの男に、平手打ちでも食らわせてやりたい。そんな梨

絵の脳裏に、祖母の笑顔が浮かんだ。

梨絵は乱れた姿のまま、バスローブの裾をつかみ、勢いをつけて大きく開いた。その拍子に、ひとつにまとめていた髪はほどけ、腰まである長い黒髪が白い肌の上を揺れる。それでも、毅然として刀真を見返した。

そのときだ。下腹部に射るような視線を感じ、梨絵は身震いする。

「髪と同じ、漆黒《しっこく》のヘアがエロティックだな。たくさんの男を咥《くわ》え込んだ場所か……これからは、そんな真似《まね》は許さない。君は私だけのモノだ」

「支配人は……わたくしを、娼婦《しょうふ》かストリッパーのように思っていらっしゃるようですが、そのようなご期待に沿えるとは思えません」

「刀真だ。名前で呼べ」

「それも、ご命令ですか？」

「そうだ。命令だ」

「わかりました。では、刀真さま、わたくしをお抱きになるなら、身体が冷える前にお願いいたします」

怒りを抑えるあまり、梨絵の声は氷のように冷たくなってしまう。

そしてそれは、刀真の自尊心を傷つけたらしい。彼は眉間にシワを寄せると、

「終わるまで我慢するとでも言いたげだな。では……我慢してもらおう」

言うなり、再び梨絵の身体に触れた。

彼の左手はバスローブ越しに腰からヒップを撫《な》で回す。そして右手は茂みを掻き分け、小さな突起を探り当てた。

「あっ……ううっ」

指の腹でこね回され、気の遠くなるような刺激に声をあげそうになる。激しく、ゆっくり、絶妙の強弱をつけて指一本で刀真は梨絵を翻弄した。

「や……待ってくださ……やぁ」

梨絵はバスローブを持っていられなくなり、手を離すと刀真の腕にしがみ付く。

すると、彼はヒップに回した手をバスローブの中にもぐり込ませ、背後から割れ目に押し込んできた。右手で激しくクリトリスを愛撫《あいぶ》し、左手はしとどに濡《ぬ》れそぼる蜜窟の入り口をなぶる。

またたく間に刀真の指が蜜の溢《あふ》れ返る場所にスルリと飲み込まれ……。

「これはまた、大洪水だ。姫さまはここがお好きらしい」

「だめ、だめです、そこは……ひっ！」

陰核を指先で抓《つま》まれ、梨絵の口から悲鳴が漏れる。

それは初めての経験で、奇妙な感覚が梨絵を包んだ。

まるで尿意を我慢するような……。こらえようとしたとき、膣の中に入り込んだ指が、内襞《ひだ》をかき回すように蠢《うごめ》き——。

次の瞬間、彼女は粗相をしたように、液体を迸《ほとばし》らせていた。

梨絵は刀真の腕を強く摑み、ガクガクと身体を痙攣《けいれん》させる。

嵐のような感覚が身体の中を駆け抜け、彼女は少しずつ落ちつきを取り戻した。呼吸を整えて目を開けたとき、足もと辺りの絨毯《じゅうたん》の色が変わっていることに気づく。

(いやだ……わたくしったら)

あまりの恥ずかしさに、梨絵の頰は熱く火照った。

「誰がイッていいと言った？　我慢の足りない姫さまだ。しかも、絨毯までびしょ濡れにして」

だがそれは……ほんのはじまりにすぎなかった。


梨絵はうっすらと目を開けた。白い天井、豪華なシャンデリア、壁一面の窓から目映いばかりの朝日が射し込む。そしてガラス越しに見えたのは黒漆塗りの暁月城。

(あのまま、スイートルームに泊まったのだわ……そして)

昨夜のことが少しずつ甦《よみがえ》ってくる。

梨絵は立ったまま、指だけで何度もイカされた。刀真は彼女をベッドに押し倒したあとも、結局、挿入はせずじまい。梨絵が『お願いです。もう、許してください』そう懇願するまで、刀真は彼女の身体をいたぶり続けたのだ。それはまるで、ネコが捕らえたネズミをなぶりものにするかのようで……。

「……う……くぅ……」

ベッドに刀真の温もりは欠片も残っていない。広いスイートルームはまるで水底に沈んだかのように静かだ。

枕に顔を押し付け、こみ上げる嗚咽《おえつ》を懸命にこらえながら、梨絵は二ヵ月前の刀真との出会いを思い返していた。

第二章　婚約者の素顔

——四月。

梨絵の勤める子供向けの大型レジャー施設・チャイルド王国、通称〝王国〟の従業員は浮き足立っていた。

「今度の支配人、イケメンだってよ」

「本社のオーナー、相楽家の坊ちゃんなんだろう？　東京で修業して戻ってきたって話」

「幸福屋グループの次期社長間違いなしって聞いたわ。狙ってみようかしら」

「王国の社長と兼任なんて、大丈夫なのか？　まだ三十にもなってないんだろう？」

新しい支配人がやってくる。それだけでも充分ニュースになるが、その支配人が二十八歳と若いうえに、グループ本社のオーナー相楽亜久里《あぐり》の孫。

そのため、王国の親会社である幸福屋観光の副社長という肩書きを持ち、全国に五つあるチャイルド王国の社長も兼任しているという。

このとき、王国内の話題は新支配人のことで持ちきりだった。

「姫さまは何かお聞きになられてます？」

「え？　いいえ、わたくしはただの事務員ですもの」

従業員のひとりに話しかけられ、梨絵は笑顔で答えた。

梨絵がこのチャイルド王国で働くようになって丸五年が経つ。

代々暁月城の城主を務める九条家は、非常に由緒ある家柄だ。しかし、悲しいかな財産と歴史は比例しておらず。むしろ代を経るごとに、相続税を支払うため土地や先祖伝来の品を売り払ってきた。

チャイルド王国や暁月城ホテルの建つ場所も、もとは九条家が所有していた。立派な庭園や自然豊かな雑木林、それらは祖父が受け継ぐ際に相楽家に売ったものだ。

その王国に九条家の人間が勤めているのだ。

皮肉なものだが、そういった努力の結果、暁月城は『国内でたったひとつ、国宝でありながら個人所有の城』と呼ばれている。

そんな梨絵に与えられた仕事は、各種チケットやパンフレットの発注から内容チェックに配布、さらには毎日の売上確認まで、営業・経理事務に相当するものだった。

だがここ数年は、パート・アルバイトのシフト調整から、備品管理まで任されている。最近では、支配人のスケジュール調整まで頼まれ、まるで秘書代わりだ。

それだけ梨絵が優秀で、また、熱心に働くからだったが……。

周囲の〝暁月城の姫さま〟に対する信頼は厚い。それは、多くの従業員が彼女を『姫さん』『姫さま』と呼ぶことからもわかる。

彼女は常に、強い重圧の中にいた。

だが、それに負けることは許されない。学歴は高卒でただの事務員にすぎなくても、要求されたら大学卒にも負けない仕事をこなす必要がある。そして、周囲の期待には一〇〇パーセント応えなければならない。

新しい支配人がきても……たとえ、それがどれほど有能な男性であったとしても。

自分は王国にとって必要な人間――〝暁月城の姫さま〟なのだから、と。


「君が九条の姫さまか……」

支配人室に呼ばれ、最初に刀真の顔を見たとき、梨絵は呼吸が止まるかと思った。

華やかな容姿に反して、憂いを帯びた双眸《そうぼう》。刀真の視線は、一瞬で梨絵の心をからめ取った。

男性を美しいと思ったのも、この人と一緒に仕事ができたらと願ったのも、初めてのことだ。

梨絵は彼に気に入られたくて、精一杯の笑顔を浮かべる。

「はじめまして、九条梨絵と申します。全力でサポートさせていただきますので、どうぞよろしくお願いいたします」

背筋をピンと伸ばし、手を前で組み、ゆっくりとお辞儀をした。

そんな梨絵に刀真が口にした言葉は――。

「サポート？　前任者が何を考えて君を登用したのかは知らないが……。お姫さまのお遊びに付き合うほど、私は暇じゃないんだ」

吐き捨てるような口調に梨絵は驚いた。

これまで、彼女にそんな辛らつな言葉をぶつけた者はいない。九条家の存在じたいが時代錯誤だと、嫌味を言う者はいたが、面と向かって馬鹿にされたことはなかった。

あまりのことに唖然《あぜん》としていると、

「もういい」

刀真は犬猫でも追い払うように手を振ったのだ。

梨絵はひと言も返せず、支配人室をあとにした。

(何か失礼なことをしたかしら？　まあ、いいわ。仕事をきちんとこなせば、きっと認めていただけるはず)

前向きに思い直した梨絵に対して、刀真の仕打ちは誰にとっても予想外なことだった。

その三日後――梨絵に異動命令が出た。

「事務室ではなく、チケット売り場に入れとおっしゃるのですか？」

出勤するなり支配人室に呼び出され、新支配人、刀真から直接命令された。

王国で雇っている事務担当者は梨絵と派遣の女性ふたりの計三人。責任者の荒瀬《あらせ》室長は定年間際の男性で、どちらかといえば〝居るだけ〟といったタイプだ。実質、梨絵がふたりに指示を出し、業務が滞りなく行えるように手配していた。

その梨絵が事務室からはずれ、チケット売り場の窓口業務につくように言われたのである。

「理由をお聞かせください。わたくしにどのような落ち度があったのでしょうか？」

「なんだ。窓口は嫌なのか？」

支配人室の彼専用のイスに座り、デスクに肘をつきながら、刀真は不快そうな声で答えた。

「チケット売り場はこれまで、パートのスタッフでまかなってきました。それに、わたくしが事務室からはずれては、派遣の女性だけになります。それでは、荒瀬室長にもご迷惑をかけることに」

刀真は梨絵の言葉を遮るように、勢いよく立ち上がった。

「君は何様のつもりなんだ？　そんなことはちゃんと考えて……ああ」

怒りに満ちたまなざしは一瞬で侮蔑に変わり、

「これはこれは失礼いたしました、九条の姫さま。ですが、ここは私の王国なんでね。姫さまといえども、ここではただの召使いだ」

さすがの梨絵も表情が固まった。

相楽家が県内で一位二位を争う資産家であることは知っている。

そして九条家が城主とは名ばかりで、家計がギリギリであることも……わざわざ口にする者はいないが、周知の事実だ。

暁月城は天守閣に国宝を含む所蔵品を展示し、入城料を取っている。祖母と母の園絵《そのえ》が、天守閣の入り口でチケットやパンフレットを販売。だが、それらはすべて城の維持・修繕費に消えてしまう。

九条一家の生活費は、市役所職員である父、貫太郎《かんたろう》と梨絵の給料でまかなっていた。祖父も以前は庭師として働いていたが、六十代半ばで狭心症の発作を起こしたこともあり、それ以降は城の管理に専念している。

梨絵も中学時代から城内の清掃を中心に手伝っていた。

だが、金のかかる城主館の見栄えを整えて一家五人が生活するのは、父の収入だけでは厳しい。しかも、梨絵が通っていたS女子高は市内で最も学費のかかる名門私立。梨絵は自らの意思で進学をやめ、就職を選んだ。

そんな梨絵の事情を承知で〝召使い〟などとは……あまりにも品のない言い様ではなかろうか。

「チャイルド王国が支配人の私物とは存じませんでした。わたくしはこちらに採用された従業員です。支配人の召使いではありません」

その言葉に刀真の表情はさらに険しくなる。

「私の方針が不満なら、辞めてくれてかまわない」

「解雇するとおっしゃるのですか？」

「まさか！　君が不満なら、だ。給料を減らすと言っているわけじゃない。同じ給料で、パートでも勤まる仕事をすればいいんだ。感謝して欲しいくらいだね。――さあ、どうするんだ？」

梨絵はギュッと口を閉じ、一礼して支配人室を出ようとした。

そのとき、

「待ちたまえ！　感謝は言葉にするべきだろう。お姫さまといえども、礼儀くらいはわきまえて欲しいものだな」

刀真は梨絵を真正面から見据えて言う。

どうやら、口ごたえした梨絵が面白くなかったようだ。イライラした表情でこちらを睨《にら》んでいる。その瞳はまるで、獲物を狙う獣のように鋭く荒々しい。

梨絵は逃げ出してしまいそうな気持ちを押し留め、深呼吸を一回する。

「お心遣い、ありがとうございます。仕事がございますので、失礼いたします」

初めて会ったときと同じく、ゆっくりと頭を下げる梨絵だった。

その翌日、梨絵に代わって幸福屋観光から女子社員がやって来た。

二階堂萌花《にかいどうもえか》、二十四歳、同じS女子高を卒業した、梨絵の同級生だ。

萌花は高校時代から要領がよく、人に……とくに男性に媚《こ》びるのがうまかった。そんな彼女の特技は、強く叱られたらところかまわず泣きだすこと。当時、彼女が丸め込むことのできなかった真面目な男性教師などは、指導のたびに泣かれ、セクハラ呼ばわりされて弱っていたはずだ。

　親も娘には甘く、何かあるとすぐに学校に怒鳴り込んでくるため、萌花は梨絵と別の意味で特別扱いだった。

「もう、たまんないわよ。パソコンの画面より、鏡で自分の顔を見てるほうが長いんだから」

　チャイルド王国の正面入り口、通称〝王国入場門〟の横にチケット売り場がある。窓口は四つ、しかし平日はふたつしか開けていない。食事や休憩のときはひとつになるが、平日はそれで事足りた。

　チケット売り場の奥にあるコテージのような建物が事務棟だった。二階建てで一階に事務室、休憩室、ロッカールームがあり、二階に王様の部屋と呼ばれる支配人室がある。チケット売り場とは繋《つな》がってはいないが、パソコンや金庫が事務室にある関係上、行き来は頻繁《ひんぱん》になる。

　配置換えから一週間、チケット売り場にいる梨絵のもとに、派遣事務員が泣きついてきたのだった。

「仕事が増えて増えて……ねえ、姫さん。なんとかなりません？」

「事務室に戻ってくださいよ」

派遣事務員はふたりとも三十代の主婦。派遣会社自体が同じグループの傘下なので、彼女らもそう我がままは言えない。

梨絵は苦笑いを浮かべながら、

「ごめんなさいね。会社の方針だと言われたのよ」

刀真の悪口にならないよう、慎重に口を開く。

「でも、発注やシフト管理はなるべくお手伝いしますから、どうか辞めたりしないでくださいね」

できる限り控えめに、梨絵は彼女たちに協力を申し出たのだった。

しかし、そんな彼女の心遣いまでもが裏目に出てしまう。

刀真は複数の役職に就いており、常に王国に詰めているわけではない。個人秘書がいるので、支配人のスケジュール管理に事務室の者が使われることもなくなった。

負担も監視の目もなくなり、楽になったかといえば、そうでもなく……。

「君が余計なことをするので働きづらい。そんなふうに二階堂くんは言っている」

梨絵が支配人室に呼び出されたとき、そこに萌花がいた。

「ごめんなさいね、九条さん。皆さん、あなたには直接言いにくいそうなの。だから、あたしが勇気を出して、支配人に報告させていただきました。だって、あんまりなんですもの。チケット売り場で働くのが恥ずかしいからって、事務室に入り浸って……」

萌花は、梨絵がチケット売り場の仕事をパートに押し付け、事務室でさぼってばかりいる、と刀真に報告していたのだ。

それも――パソコンの画面より、鏡で自分の顔を見てるほうが長い――と言われたときは、開いた口が塞がらなかった。

だが、刀真はそれを真に受けたらしく、

「たしかに、君の漆黒の髪は美しい。お姫さまらしい美貌も大事だろう。だが、給料分の仕事はしてもらわないと困るな」

射るような視線を梨絵に向けた。

髪は朝に手を入れたきりで、化粧も昼食のあとに口紅を塗りなおす程度。派遣事務員に頼まれ、事務室にいることもあるが、王国の営業時間前や昼休憩のときだけで誰にも迷惑はかけていない。

梨絵がそのことを告げると……。

「いやだわ。九条の姫さまに『迷惑だ』なんて言える従業員はいないんじゃないかしら？ それくらい、少しは気を遣ったらどう？　相変わらず、九条さんて無神経なかたね」

萌花は緩く巻いた茶髪を指先でふわりとうしろに払いのけつつ、刀真に見えないようにニヤッと笑った。

その仕草に既視感を覚え、梨絵の中に嫌な記憶が甦《よみがえ》る。

高校時代、萌花は同級生から髪形の校則違反を指摘された。ところが、茶髪は地毛、パーマも天然と言い張り、父親に泣きついて美容師の証明まで出してきたのだ。親の財力を盾にされたら、高校生には何もできない。唯一、対抗できたのは、九条の名前を持つ梨絵だけだった。

萌花もそれをわかっていたのだろう。

彼女は父親のうしろに立ち、今と同じような笑みを浮かべながら言った。

『九条の姫さまの思い込みに振り回されて、皆さんもお気の毒ね。それとも、姫さまは間違えても謝らないのかしら？』

決して梨絵が言い出したことではなかった。だが、それを口にすると犯人探しが始まるのは目に見えていて……。

『わたくしの勘違いでした。ごめんなさい』

梨絵は自分が頭を下げることで、その場を収めたのだ。

社会人になっても、また同じことの繰り返しかと思うと……今度ばかりは、どうにも黙っていられない。

「支配人、わたくしは……」

「ああ、でも支配人、暁月城の入城者数も減って、九条さんのおうちは大変そうなんです。体裁もあるでしょうし……。あたしたちがもう少し我慢しますので、クビにはしないであげてください」

梨絵はその言葉にドキリとした。

事実であっても面と向かって言われたことなどない。

「どうやら君は、遊びで働いているわけではないらしいな。長く離れていたので知らなかったが……。城のために大学進学も諦め、就職するとは泣かせる話だ。しかし、お父上は役所の人間だろう？　それでひとり娘の進学費用すら出せないとは。そこまで城にしがみ付く神経が、私にはわからんな」

　父親のことまで言われ、さすがの梨絵もカッとなって言い返す。

「お言葉ですが――。就職はわたくしの意思です。何を尊ぶかは個人の自由ではありませんか？　失礼ですが、こちらの二階堂さんがどれほどの仕事をなさっているか、支配人ご自身の目で確かめてみられることをお勧めいたします！」

　しかし、刀真が萌花の仕事ぶりを確認することはなかった――。

「どうしてなのかしら？　支配人は優秀なかただと聞いていましたのに。二階堂さんの言い分を丸々信用してしまうなんて！」

　数日が過ぎ、萌花は変わらず王国内を我が物顔で闊歩《かっぽ》している。

　その姿を見るたび、梨絵の苛々も募る一方だ。

「まあまあ、落ちついてくださいな、姫さま」

　このとき、梨絵をなだめてくれたのは、同じチケット売り場で働く大森豊子《おおもりとよこ》。

　大森家は廃藩前、九条家に仕える武家の家柄だった。五十代の彼女は、かつて梨絵の父を若様と呼び、憧れのまなざしで見ていた世代だという。そのため、若い梨絵にたいしても、敬意をもって接してくれる。

「ええ、わかっているのだけれど……。ごめんなさい」

興奮して愚痴をこぼしてしまったことを、梨絵はすぐさま後悔した。

だが、刀真の隣に立ち、しなだれかかるようにして話しかけていた萌花の姿が頭から消えない。梨絵には突き刺すような鋭い視線しか向けないくせに……と思えてきて、どうにも腹立たしい。

(どうして支配人は、こんなに意地悪をするの？　二階堂さんばかり信用して……わたくしの言葉はまるで信じてくださらないなんて)

そこまで考え、梨絵は気がついた。

こんなにまで腹立たしいのは、自分を陥れようとする萌花のせいではなく、自分を信じてくれない刀真に向けた怒りだ、と。

「しかたありませんよ、殿方というのはそういうものですから」

大森《おおもり》の言葉に梨絵はハッとする。

「大森さん、それはどういう意味ですか？」

「ああ、いえ、従業員たちのくだらない噂《うわさ》でございます。姫さまのお耳にお入れするようなことでは」

「そんなことおっしゃらないで。どうか、わたくしにも教えてちょうだい」

しつこく尋ねる梨絵に、大森は目を伏せながら小さな声で答えた。

「支配人にとって特別な関係の女性だから、好きにやらせている。そんな噂でございます」

（……トクベツナカンケイ……）

それが何を意味するか、わからないほど梨絵は子供ではなかった。
☆★☆

支配人が替わって一ヵ月以上が経った。

相変わらず、刀真は梨絵に冷たいままだ。萌花の嫌がらせも続いている。楽しかった職場が一転して、ストレスの元となり……。

人生において試練とは続くものらしい。

五月末、梨絵は大好きな祖父を喪《うしな》ったのである。

「……ですから、賃料が必要なら相応の金額を支払わせていただきます」

梨絵は市役所から県庁まで様々な課を経て、直接、市長室を訪れていた。

祖父の遺言書により相続人となった梨絵が動かなければ。父や祖母に任せてはいられないのだ。

「いえ……お気持ちは充分に。しかし法人化した場合、やはり城主館は改修して、管理事務所にするのが最も適した利用方法だという意見が出ていまして」

法人化後もなんとか城主館に住まわせてもらえないか、という交渉だった。

だが市長の話では、退去までの期間を三ヵ月とか半年とか決めてもらわなければ検討できない、という。とくに、祖母が亡くなるまで、といった条件では応じられない、と。

言われてみればそのとおりだ。

しかも、そのような条件など……祖母の死を待つようで、契約書に記したくはない。

「小さいですが、事務所は今の天守閣横の建物で間に合うと思います。必要なら、城主館の一部も開放します。あるいは、城主館のみをわたくしの名義で残すことは不可能でしょうか？　ご検討いただけませんか？」

「しかしそれは……。先代城主であるお祖父さまのお気持ちに背くことになるのでは？　それに……遺言書ではたしか」

一部だけ梨絵の名義で残すとなれば、土地を切り売りしたとみなされ、相続できなくなる可能性が高い。そうなれば、自動的に寄贈することになってしまう。

市長は父と同じ年代の男性だった。眼鏡の奥の瞳を申し訳なさそうに細め、

「できる限り、近くの代替地を用意させていただきます。ただ、城が市の中心部に近いため、なかなか……」

「では、城主館ごと移転するというのは」

「梨絵！　もう、諦めよう」

「お父さま……それでは、おばあさまが」

「それも父上のご意思だ。母上もわかってくださるさ」

祖母が我がままを言って困らせているわけではない。最愛の夫を喪って半月、祖母は

ジッと静かに耐えている。だが、心と身体がどんどん弱っていくのが目に見え……梨絵は苦しくてどうしようもない。

自分が継いだのは城主という名目だけ。結局、人も城も守れないのだ。

（もし今、手を差し伸べられたなら……それが悪魔の手とわかっていても、縋《すが》ってしまうかもしれない）

そんな絶望的な思いに囚われたとき――梨絵の前に手が差し伸べられた。


慶弔休暇に加えて有給休暇も取り、二週間ぶりに出勤した梨絵を刀真が待ちかまえていた。

型どおりのお悔やみの言葉を口にした直後、刀真は頬を歪《ゆが》め、

「ずいぶん、困っているらしいな」

そんな言葉を口にした。

彼の梨絵を馬鹿にした口調が嫌で堪らない。

（どうしてここまで……嫌われなくてはならないの？　わたくしが何をしたというの？）

支配人室に不穏な空気が漂う。

梨絵が黙っていると、刀真はデスクの上に新聞を放り投げた。地方欄のある記事が読みやすいよう畳んである。

――国宝暁月城、ついに法人化か？　十二代城主が亡くなり、十三代城主に指名された孫娘・九条梨絵さんに課せられた多額の相続税――。

そんな見出しが、梨絵の目に飛び込んできた。

「これが、どうかいたしましたか？　支配人にはなんの関係もないことのように思われますが」

「あの城に残りたいと、あちこちに頼みまくっているそうじゃないか？」

「……ですから、そのことと」

「私が金を貸してやろう。相続税と天守閣や城主館を維持する費用。一億もあれば充分だろう」

梨絵はこれ以上ないというほど目を見開いた。

刀真の真意がさっぱりわからない。今までさんざん、梨絵を『お姫さま』とあざ笑うように呼びながら、なぜ、こんな申し出をするのだろう。

混乱して言葉もない梨絵に刀真は続けた。

「わかっているとは思うが、もちろん、条件がある」

梨絵はホッとした。

おそらく、城の土地に関するなんらかの取引を持ちかけたいのだろう。すべて飲むことはできないが、可能な限り譲歩したい。梨絵の心に余裕ができた。

「その……条件をお聞かせください」

「君が私と結婚するんだ」

「……いま……なんと？」

「聞こえなかったのか？　君を私の妻にしてやる。一億で足りなければ好きなだけ使えばいい。私の妻でいる限り、返す必要はない。素晴らしい条件だろう？」

刀真は立ち上がり、歌うように言った。

だが、梨絵にはとうてい正気とは思えない。

「そんな……そんなこと無理です。できません」

「なぜだ？」

「結婚は愛し合うふたりがするものです。永遠を誓い合って、家族になることではありませんか？　それを……」

刀真の顔が曇り、目つきが鋭くなる。

そのとき、梨絵はひとつのことに気づき言葉を変えた。

「あ……あの、支配人は今、わたくしに求婚なさいました？」

「ああ、そうだが」

「それは、その……わたくしを〝愛している〟ということですか？」

梨絵は恥ずかしさにうつむきながら、可能性を口にする。

何も考えずに即座に断ってしまった。だが、刀真が梨絵にたいして真剣な思いで求婚したかもしれないのだ。もしそうなら、梨絵はひどく失礼な返事をしたことになる。

しかし、刀真にそんな思いやりは不要だと、彼女はすぐに知った。

「愛？　愛か」

ひと呼吸置き、刀真は高笑いを始める。

たがが外れたように笑う刀真の姿を見て、梨絵はますますわからなくなった。

やがて刀真は笑うのをやめ、

「私が妻に求めるものは――素晴らしい血統と、人前に出して自慢できる容姿。そして、セックスのとき、私に一切逆らわない従順さ。それだけだ。相楽家は知ってのとおり、戦後のどさくさで大きくなった成金だ。暁月城と女城主を手に入れたとなれば、次の社長の座は間違いなく私に転がり込む」

とんでもない求婚の理由に、梨絵は頬が熱くなるのを感じていた。

「なんてことをおっしゃるの？　わたくしには血統書などついてはおりません。自慢していただけるような容姿でもございません。ましてや……」

失礼を承知で梨絵は踵《きびす》を返し、支配人室から出て行こうとした。

そのとき、

「たしか、相続税の申告と納税は、被相続人の死後十ヵ月以内だったな。ということは、来年の桜は暁月城で見られないということか……。いや、花見にくれば済む話だな。四〇〇年守り続けた城を手放した九条家最後の城主として、君は歴史に名前が残るぞ」

刀真の言葉が胸に重くのしかかる。

「そうです。おっしゃるとおり、わたくしは九条家を十四代に繋がなければなりません。ですから、相楽の家には」

「私が婿に入ろう」

　実にあっさりと刀真は言った。

「な……支配人はご長男と聞いております。そんな簡単におっしゃってもよろしいのですか？」

「相楽の名前に未練はない。祖母の財産は私と姉で相続することが決まっている。あとは会社の実権が欲しいだけだ。ならば、九条家に入ったほうが、よほど箔《はく》がつく」

　刀真は窓辺に立ち、ブラインドのすき間から王国内に視線を向けた。

「そんなことのために、支配人は本気で結婚なさるおつもりですか？」

「だからなんだ。君も同じようなもんだろう。城主でいたいがために、プライドを捨てるつもりになってるんじゃないのか？」

　梨絵はひと呼吸入れたあと、思い切って萌花のことを尋ねる。

「……二階堂さんのことは、どうされるおつもりなのです？」

「二階堂？　ああ、君も例の噂《うわさ》を耳にしたわけだな」

　刀真は否定も肯定もせず薄く笑った。

「二階堂さんのご実家は、資産もおありのはずです。県内で名門といわれるS女子大学を卒業されていて……」

「資産？　あんなものは資産とはいわない。父親は小さな不動産屋で、ろくな評判を聞かない。妻になんて金を積まれてもごめんだ。私が欲しいのは――」

カシャン、とブラインドから手を離し、刀真は梨絵のほうに歩いてくる。

「君たち一家は城主館に住み、君は姫さまと呼ばれ続ける。これまでと違って金の心配は一切ない。君が私に従順な妻でいる限りは」

そう言った瞬間、刀真の指先が梨絵の顎に触れた。軽く押し上げられ、ほんのわずかな時間、刀真とみつめあうことになる。

梨絵は驚きのあまり身を竦《すく》め、慌てて左手で彼の手を振り払おうとした。

だが、刀真はそんな彼女の手をつかみ、スーツの内ポケットから指輪を取り出し、薬指に押し込んだ。

「君が了承すればすぐに契約書を作成しよう。そして婚約披露が済みしだい、君の口座に一億を入金する。但し、暁月城のすべてを担保にもらうぞ。だが心配するな。君から離婚を言い出さない限り、返済は不要だ。そのこともちゃんと契約書に書いておこう」

薬指にダイヤモンドの指輪が輝く。おそらく、二カラット以上はあるだろう。ハートシェイプカットの透明な石がきらめいていた。

硬く冷たいハートはまるで刀真自身のようだ。

なのに、梨絵はどうしても、その愛のないハートをはずして突き返すことができず……。

この一週間後、梨絵は婚約披露パーティと屈辱の一夜を迎えることになるのだった。

第三章　恥ずかしい悪戯《いたずら》

朝六時——朝食も取らず、梨絵はスイートルームをあとにした。

刀真は梨絵をベッドに放置し、昨夜のうちにホテルから出て行ったらしい。

「ご婚約おめでとうございます。結婚式も当ホテルの従業員一同、心を込めて取り組ませていただきます」

フロントで彼女に声をかけたのは、開業当初からこのホテルに勤めている顔なじみの支配人だ。梨絵は疲れきった心を見事に隠し、

「ありがとうございます。よろしくお願いいたしますね」

いつもどおりの微笑で応じたのだった。

ホテルと王国を繋ぐ一ノ橋を渡りながら、梨絵は朝日に照らされる夕日川に目を細める。

（朝日より、夕日の朱色が川を美しく見せる——そんな理由でご先祖様が名づけたのだったわ。小さいころにおじいさまから教えていただいたこと。わたくし、ちゃんと覚えていますわ）

祖父のことを思い出すだけで胸が温かくなる。笑みとともに涙が浮かび、夕日川の水面

が揺らめいた。

（大丈夫……わたくしは大丈夫だわ。自分で決めたのですもの。あの、悪魔のような男の条件を受け入れる、と）

一ノ橋を渡ると夕日川の中洲《なかす》にチャイルド王国は建っている。

駐車場越しに閉じられた王国入場門をちらりと見ながら、梨絵は足を速めた。王国の営業時間は十時から十七時。ほとんどの従業員は九時前後から勤務に入る。まだ誰もこのあたりにはいないはず。

わかっていても、知り合いと顔を合わせるのが嫌で、梨絵は急きたてられるような気持ちになる。

（覚悟はしていたはずでしょう。しっかりなさい！　まずは……家に帰って、このパーティドレスを着替えなくては。それに、髪もきちんと結び直して、お化粧も……）

広い駐車場の横をぐるりと回りながら、梨絵はすべきことを口の中でつぶやいた。

できる限り早足で通り抜けると、ホテルと反対側の外堀に架けられた二ノ橋を渡る。

二ノ橋は一ノ橋に比べて狭い。自転車と歩行者のみで、車は通ることのできない橋だ。

小学生のころは徒歩で、中・高校生のときは自転車で、そして今はまた徒歩で毎日往復してきた。この橋を王国側から城側に渡ると、どこかホッとする。それは渡りきった正面に、暁月城の正門が見えるせいかも知れない。

「ただいま帰りました……」

無言で入るのも躊躇《ためら》われ、梨絵は小さな声で帰宅を告げた。そうっと木戸を開け城主館の敷地内に入り、狭い中庭を走り抜け、勝手口から中に滑り込む。

別に無断外泊をしてきたわけではない。堂々と入っても文句は言われないだろうが、やはり恥ずかしい。

勝手口から中に入ると、そこには十畳ほどの土間が広がる。

左手には風呂があり、梨絵の生まれる直前まで薪で焚《た》いていた。今はもちろん、ステンレス製の浴槽にガス給湯器からお湯を入れるタイプに変わっている。だが、土間に面した部分には焚き口が残っており、重厚な四角い鋳物の扉が古き時代の名残であった。

右手には、普段は使われていないかまどのある台所。年に数回、『かまどでご飯を炊いてみよう』という婦人会のイベントに開放するくらいだ。

土間で靴を脱ぎ、三段ほどの階段を上がると正面玄関まで廊下が一本通っている。

廊下の右手が八畳程度のダイニングキッチン。祖母と両親の部屋、あと客間も一階にある。梨絵の部屋だけが二階だった。

二階はもともと屋根裏のような扱いで天井が低い。階段も傾斜が急なハシゴ段で、十年以上祖父母が二階へ上がってきたことはなかった。

梨絵がそっとハシゴ段に足をかけたとき、両親の部屋の引き戸が開いた。

「まあ、梨絵さん。お帰りなさい。ずいぶん早かったのね。刀真さんはご一緒ではないの？」

母に声をかけられ、梨絵はドキッとする。

母の実家は市内で老舗旅館を営んでいる。末っ子の母は二十歳のとき、父の貫太郎と恋愛結婚した。きっかけは、春に行われる築城祭の姫役に母が選ばれたことだという。

ただ、夫婦仲は良いのに、なかなか子供に恵まれず、五年後にやっと梨絵が生まれた。

丸顔に下がった目尻、小柄でふくよかな体形をしている母と比べて、梨絵は細身でうりざね顔、切れ長の目と綺麗《きれい》な富士額が特徴的だ。母とはまったく似ておらず、完全に九条家の顔だった。

ちなみに、現在でも築城祭は行われている。

そして梨絵の場合は、一般公募の数人の姫役とは別だった。

築城祭では大名行列のパレードが行われる。梨絵の出番はそのパレードだ。豪華な振袖を着て、お姫さまスタイルの定番ともいえる吹輪のかつらをかぶり、扇形のかんざしと派手なびらびらかんざしを付け、輿《こし》に乗って城下町と呼ばれる一帯を一周する。

幼いころは、とにかく恥ずかしかった。

十代のころは、一般公募の若君役の少年と、両親のような運命の出会いがあるかも、と期待したが……そんな映画のような恋に落ちることもなく。

今は大切な伝統行事のひとつだと思って、割りきって参加している。

（来年以降はどうなるのかしら？　まさか、あの男と並んで輿《こし》に乗るの？）

梨絵はゾッとしたが、婚約披露パーティの盛況ぶりを思うと一概には否定できない。

「梨絵さん？」

母の心配そうな声に気づき、頭の中から余計な心配を追い払った。

「た、ただいま帰りました。起こしてしまって……ごめんなさい。刀真さまはお忙しいかたなので、あの、お父さまとお母さまに、昨日はありがとうございました、そうおっしゃって……」

梨絵の声はどんどん小さくなる。

その気まずさを取り繕うように、彼女はふいに明るい声を出した。

「お母さまもお疲れになられたでしょう？　お父さまは……まだお休みなのかしら？」

「ええ、昨夜は遅くまでお酒を飲んでしまって。お城のための結婚なら絶対に反対だ、っておっしゃっておられたでしょう？　けれど、あんなに盛大なパーティを開いて、梨絵さんをお披露目してくださるなんて。これはもう、刀真さんにお任せするしかない、と諦めたみたい。そのやけ酒なの。今日はお休みを取っていてよかったわ」

刀真が『今夜はふたり揃《そろ》ってホテルに泊まります』と口にしたとき、彼の隣で頬を染めてうつむく娘を見て、父はどう思っただろう。

「お母さまはお怒りではないの？　その……外泊してしまって」

梨絵は昨夜、刀真にされたことを思い出し、母の顔が見られなくなる。

「梨絵さんがお幸せなら、わたくしは反対なんてしませんよ。でも、梨絵さんを悲しませたら……。たとえ相手が社長さんでも、絶対に許しませんからね」

そう言って梨絵の背中を撫《な》でた母の手は優しくて温かかった。

☆　★　☆

「ご婚約おめでとうございます！」

「姫さんと支配人がご結婚なんて、夢みたいだわぁ」

梨絵が出勤すると、チャイルド王国の同僚たちに囲まれ、お祝いの言葉でもみくちゃにされた。

その後も、入れ代わり立ち代わり、途中から入るアルバイトや出入りの業者まで、お祝いを言いに来てくれたのだ。

梨絵の身辺が落ちついたのは、午後三時近くになってからだった。

王国で働く従業員は、社員とパート、アルバイトも含めて七十人程度だ。各遊具担当は若い従業員を中心に配置されていた。

ハードウェアの操作はコンピュータを使った難しいものもあり、また、現場では力仕事もあるためだった。

反面、接客には年配者を多く起用している。

王国を訪れる親子が安心して頼れるような経験を積んだ人間に任せる、というのが本社の方針だった。

そのため、従業員の年齢幅はかなり広い。

「本当におめでたいお話で。ご婚約のことをテレビで知って……これ以上ないほど、びっくりいたしました」

一段落してホッとしていると、同じチケット売り場の大森が口にした。

「ありがとう、大森さん。急に決まったことで、報告が遅れてごめんなさい。結婚式には皆さんにも出ていただけるといいのだけど」

梨絵は不義理をしたことが申し訳なく、声のトーンを落とす。

「とんでもない！　お気になさらないで下さいませ。なんといっても支配人は相楽家のお坊ちゃんですからね。いくら姫さまでも勝手ができないことくらい承知しております。思えば、姫さまがひどく支配人のことを気にしていらして……。気がつかない、私も私でございますね」

大森はころころと笑った。

梨絵が、刀真と萌花の関係を気にしたときのことを言っているのだろう。そんなつもりはなかったが、こうなっては否定するのも白々しい。

「でも……あの小さな姫さまが、お嫁様になられる日が来るなんて。こうして、ご一緒させていただけるのもあと少しかと思えば……」

ハンカチで目尻を押さえ始める大森に、梨絵は慌てて言った。

「そんな……まだ早いわ、大森さん。式の直前まで働くつもりなのだから」

「そうそう、まだ婚約しただけですもの。いつ解消されるかわからないわよ。ねぇ、九条さん」

突如聞こえた険を含んだ声の主、それは刀真と〝特別な関係〟にあるという萌花だった。

刀真をはじめ、男性従業員の前では甘ったるい声で話す萌花だが、女性だけだと声色が変わる。馬鹿にしたような声か、ケンカを売るような声だ。

今日はその両方を梨絵にぶつけてきた。

「城主の家柄ってだけで、財産も学歴もないあなたが選ばれるなんて。いったいどんな手を使ったのかしら?」

萌花は梨絵と同じくらいの身長だが、仕事場とは思えないハイヒールのパンプスを履いている。そのため、余計に梨絵たちを見下ろす格好だ。

何も言い返さない梨絵に気をよくして、

「ちやほやされていい気になってるみたいだけど、結局は王国の使用人じゃない。相続税が払えないからって、お金のために支配人のベッドに忍び込むなんて……ホント、汚いやり方だわ！」

噂《うわさ》が事実なら、梨絵は萌花の恋人を奪ったことになる。

しかし、あの刀真の言葉──『妻になんて金を積まれてもごめんだ』。どう考えてもあれは、恋人に対する評価とはいえないだろう。

（あれほど冷酷な男性に選ばれても嬉《うれ》しくはないわ。でも、お金のために身体を売ったと言われたら……）

梨絵は否定できずに黙り込む。すると、大森が口を開いた。

「なんてはしたない言い方でしょう。若いお嬢さんが」

「ハシタナイ？　ホント、この職場って時代錯誤ね。ねぇ九条さん、あんなカラスみたいな黒くて辛気臭い城じゃなくて、どうせならシンデレラ城みたいにロマンティックなお城に改装したらどう？　そのほうが、お客も増えるんじゃない」

「んまあっ！　なんて失礼な」

「いいのよ、大森さん」

梨絵は大森を押さえながら前に出る。

「ご意見ありがとう。でも二階堂さん、残念ながら国宝というものは、所有者でも無断で改装はできないのよ。それに、わたくしと支配人の婚約ですけれど……あなたを傷つけたのでしたら謝ります。ごめんなさい」

萌花は梨絵の激昂《げきこう》する姿が見たかったようだ。

謝罪の言葉は逆に彼女のプライドを傷つけたらしい。萌花は般若《はんにゃ》さながらに目を吊《つ》り上げるが、直後、彼女はハッと驚いた表情をして、慌てて笑みを作った。

その変わり身の早さに、梨絵たちは小首を傾げる。

だが、その理由はすぐにわかった。

「私たちが婚約解消なんてありえないな。なんといっても、私は姫のとりこだからね」

それは今朝、スイートルームに梨絵を置き去りにした婚約者、刀真の声だった。


「まったく存じませんでした。支配人がわたくしのとりこだなんて」

たったひとつ開いている販売窓口の前に座り、梨絵にしては珍しくぶっきらぼうに言う。

刀真はもの珍しそうに、八畳程度のチケット売り場内をウロウロしている。

「ふたりのときは名前で呼べ。——とりこでなければ、億単位の金を用意してやるはずがないだろう?」

たしかに、大金を払っただけでなく、長男の彼が相楽の名前を捨ててまで、梨絵を妻にする価値があるかと問われたら……。

ほんの一瞬、刀真の言葉が本気に聞こえ、梨絵は戸惑った。

ところが——。

「なんといっても、身分と国宝が金で買えるチャンスなんてそうそうない。その上、もれなく美しいお姫さまが付いてくる」

真面目に受け止めそうになった自分が馬鹿に思え、梨絵はいっそう辛辣《しんらつ》な返事をしてしまう。

「〝美しいお姫さま〟ですか？　てっきり〝言いなりにできるオモチャ〟だと思っておりましたのに」

「手に入れたオモチャの名前は『プリンセス・リエ』というんだ。予想以上に感度がよくてね。かなり楽しめそうだよ」

恥ずかしげもなく言い放った刀真に、梨絵は絶句した。

さっきまでチケット売り場にとどまり、しきりに梨絵に嚙《か》みついてきた萌花だが……。刀真の登場で借りてきたネコのようになる。しかも、ちゃんと働いている素振りで一万円札を回収し、さっさと事務所に引き上げていく姿にびっくりだ。

一方、大森も萌花がいなくなるなり席をはずしてしまった。

現在、チケット売り場は梨絵と刀真のふたりきり。

（大森さんたら……気を回してくださらなくてもいいのに。こんなところで、ふたりきりにされても困ってしまう）

梨絵は小窓から外を見ながら、ため息をついた。

ふと視線を上げると、ガラスに映る刀真の姿が目に入る。本当に整った容姿だ。権力を手に入れるために梨絵を金で買い、さらには、あのような卑猥《ひわい》な真似をする男性には見えない。

身体のラインが綺麗《きれい》に出ているのは、上質な生地のオーダーメードスーツを着ているからだろう。スイートルームでソファの背にかけられたままの上着を手にしたとき、シワにならない生地だから、そのままでいいと言われた。彼のスーツは全部そういった高級品に違いない。刀真が着るとそれが様になっている。

おまけに、高さ八〇センチ以上あるスチール製のキャビネットに、軽く腰かけるなんて……頭にくるほど脚が長い。

そんな梨絵の背後に、刀真はつかつかと近寄ってきた。

「どうした？　顔が赤いぞ。昨夜のことでも思い出したのか？」

「馬鹿なことをおっしゃらないで。ここは仕事場ではありませんか。恐れ入りますが支配人、売り場から出て行って……」

梨絵の言葉を遮るように、刀真はシャッと灰色のスクリーンカーテンを引き下ろした。

瞬時に売り場の中は暗くなる。

「な、何を」

振り返った瞬間、梨絵の唇は奪われていた。

条件反射のように目を閉じたのは、昨夜の言葉を思い出したせいかもしれない。

それでも、刀真から逃れようと右手で彼の胸を押すが、逆につかまれてしまった。さらには、制服の白いブラウスの上から、彼の手が梨絵の胸を揉《も》み始める。

「ん……んんっ……やっ、ぁん」

言葉にならない声が、唇のすき間からこぼれ落ちた。

わずかに唇が離れたとき、

「待って……ください。お客様が来たらどうなさるおつもりな……の」

抗議しようと開いた梨絵の口に、ヌルッとした舌が滑り込んだ。口の中をゆっくりと舐《な》め回される。梨絵が自分の舌で彼を追い出そうとしたとき、罠《わな》にはまったかのように、彼女の舌先はからめ取られた。

激しいキスに梨絵は眩暈《めまい》を感じる。しだいに乳房の先端が尖《とが》り、ブラウス越しに抓《つま》まれた瞬間、下腹部に昨夜の感覚が甦《よみがえ》った。

そのとき――。

コンコン。コンコン。

スクリーンカーテンの向こうをノックする音がした。客が来たのだ。刀真もそれを察したのか、梨絵から素早く離れる。

梨絵は胸元の乱れを直し、紐を引きカーテンを開けた。

「大人二枚、子供二枚で合計二千四百円になります」

どうにか笑顔を取り戻し、客から一万円札を預かる。

同時にガタンと大きな音がして、刀真が梨絵の左隣にイスを持ってきて座った。

(何をなさるおつもりなの？　こんな場所で……支配人の考えていることが全然わからない)

困惑しつつも、梨絵は自然な動作でつり銭を手にしようとした。

「おつりの金額はわかっていても、電卓で確認するのが規則だろう？」

刀真はいきなり、梨絵の行動に注意を促したのだ。たしかにルールはそうなっている。だがこの五年間、王国の入場料金は変わっていない。第一、暗算でも間違えようのない金額だ。

梨絵は不満をグッと飲み込み、電卓に手を伸ばし——そのとき、彼女の太ももに刀真の手が置かれた。

「……あ……いえ、あの、一万円お預かり、いたします」

梨絵は驚きのあまり言葉に詰まった。

刀真の手はサワサワと太ももをなぞり、制服の黒いタイトスカートの中にもぐり込む。ぎゅっと膝を閉じようとするが、刀真の指のほうが少し早かった。薄いパンストはあえなく破かれ、ショーツの脇から、刀真はじかに指を押し込んでくる。

梨絵は一瞬で昨夜の痴態を思い出した。

息が荒くなり、千円札を数える指が震える。

「札の計算はとくに、お客様に見えるようにね」

刀真は自分のしていることを棚に上げ、まるで新人に指導するような口調だ。言われなくてもわかっています、と言い返したい。だが、口を開けば恥ずかしい声を出してしまいそうだ。

「大きいほうの……七千円をお返し……いたします」

スカートの奥からジュプッと水音がした。

刀真の指が湿り気を帯びた割れ目を忙しなく擦る。指先が泉に達するたび、水音が大きくなるようだ。

小窓から外に漏れ聞こえているかもしれない。

そう思うだけで、梨絵の息は上がっていく。

「残り、六百円と……こちらがチケットになります」

「梨絵さん、終了時間も伝えておくほうがいいな」

「あ……本日の営業は……ぅ」

そのとき、刀真の親指が敏感な突起を刺激した。

グイグイと押され、梨絵は喘《あえ》ぎ声を上げそうになり……慌てて息を止めたのだった。

（わざと……やっておられるのだわ。わざと、こんなひどいことを）

三秒ほど声が詰まったが、

「……十七時までとなっております。どうぞ、ごゆっくりお楽しみくださいませ」

梨絵はうっすらと涙目になりながら、どうにか最後まで応対した。

見かけない家族連れだったが、きっと不審に思ったことだろう。まさか、隣に座る支配人に下半身を弄ばれ、イキそうになっているなんて想像もしていないはずだ。

「さすが、さすが。我慢強いお姫さまだと褒めてやろう」

「どうしてこんなことを。あんまりです。もし見られた……やぁっ」

押し込まれた右手の動きが止まった。刀真はもう片方の手でスクリーンカーテンを再度引き下ろす。

「名前で呼ばなかった罰だ。見られるのが嫌ならイクのは我慢しろ。私は自分がやりたいときにやる。その約束で君に金を出してやったんだ」

刀真は軽く梨絵の耳たぶを嚙《か》むと、急激に右手を動かした。

「あっ、やぁ……あああっ！」

甘く痺《しび》れるような疼《うず》きが下腹部に広がり、梨絵は仕事場の机にしがみ付く。

そのまま……彼女は昨晩知り得たばかりの快感に、身を委ねたのだった。

第四章　屈辱のオモチャ

「いい加減、脚くらい閉じたらどうだ?」

刀真の冷たい口調に梨絵はハッとしてひざを合わせた。心ならずもイカされて、チケット売り場で快楽の余韻に浸っていたなど、我ながら信じられない。

だがそれ以上に、とんでもない悪戯《いたずら》をしかけた刀真に対して、梨絵は怒りを感じていた。

「支配人の立場にあるかたが……仕事場でなんという真似《まね》をなさるのです!? もし、お客様に見られたら。大森さんが戻ってこられたら……」

「ずいぶん立派なセリフを口にできるな。とても、ショーツだけじゃなく、スカートまでびしょ濡《ぬ》れにした女のセリフとは思えんな」

梨絵の下半身がひんやりとする。黒のスカートなので目立たないが、それでも、触れるとすぐにわかるほど濡《ぬ》れてしまっていた。

梨絵は悔しさと恥ずかしさで、頬だけじゃなく耳まで熱くなる。

「それは、支配人……刀真さまが」

刀真の瞳が鋭く光り、梨絵は名前で呼びなおした。

「なんだ？　私のやり方に逆らうのか？」

「そうではありません。ただ……」

「セックスはベッドの上と限ったわけじゃない。それに、色んな楽しみ方がある。それくらい君も知ってるだろう？」

梨絵の胸に疑問が浮かぶ。

（結婚したあと、我慢すればいい、そう思っていたのに……。どんな行為まで、受け入れなければならないの？）

刀真に対して、『こういった行為は結婚してからにして欲しい』と頼みたいところだ。でも、婚約披露をしてお金を受け取ってしまった以上、契約は成立している。何をされても、梨絵に逆らう自由などなかった。

「プロポーズを承諾するんじゃなかった。そんな顔だな」

答えずにいる梨絵の左手を、刀真は乱暴につかむ。

「痛っ——乱暴なことは、なさらないで！」

梨絵の悲鳴などまるで気にしていない素振りで、刀真はエンゲージリングを彼女の眼前に突きつけた。

「見ろ！　もう手遅れだ。君は私の奴隷も同然なんだよ」

「そのような言い方……あまりにも失礼ではありませんか!?」

「失礼だって？　それがどうした。私に逆らえば、今度は代替地なしに城から追い出されることになるんだ。そのことを忘れるな！」

「わたくしから離婚を言い出さない限り、追い出すなんて、できないはずです！」

梨絵の言葉に刀真は不敵な笑みを浮かべる。

「そのとおり。君から離婚は言い出せない。たとえ、奴隷と呼ばれても――。さあ、その濡れたスカートとショーツを着替えてくるんだな。私がここにいる間に」

梨絵はスカートの濡れた部分を手で押さえ、逃げるようにチケット売り場から飛び出す。

背後で聞こえる刀真の笑い声にきつく唇を噛《か》みしめながら、梨絵は親友の言葉を思い出していた。


「おたくの新しい支配人……ヤバイらしいわよ」

梨絵が刀真からのプロポーズを承諾し、それを親友の渡辺卯月《わたなべうづき》に報告しようと電話をかけたときのこと。

「支配人がヤバイって……どういう意味ですか？」

卯月とはS女子中で出会い、それ以来、親友付き合いを続けている。

梨絵は卯月と出会うまで、友だちらしい友だちがいなかった。城主の家柄に近寄りがたいものがあるのだろう。誰もが一線を引いて、そこから踏み込んではこない。ひとりでいることに慣れ始めたとき、卯月と知り合った。

中学に入ってすぐ、体育の時間にふたりペアを作ることになった。しかし、梨絵のクラスの生徒数は奇数でひとり余ってしまう。そういうとき、梨絵は率先して自分がひとりになるのだが……。

『じゃあ、私たちは三人でいいよね！』

卯月は当たり前のように言い、梨絵を仲間に加えてくれた。

『なんだ、お弁当一緒に食べる人いないの？　私と一緒でいいよね』

『梨絵って呼んでいい？　私のことも卯月って呼んでいいよ！』

明るく、快活で人付き合いのいい卯月は、誰とでも友だちになった。

梨絵の名前を呼び捨てにし、いつも一緒にいることで『姫さまに媚《こび》を売ってる』と陰口を叩《たた》かれていると聞いたこともある。

でも、卯月の顔から笑顔が消えることはなかった。

彼女のおかげで、梨絵は友だちと食べるお弁当の美味しさを知ることができたのだ。

「思い切り美形じゃない、おたくの支配人」

「そ、そうですね。皆さん、そうおっしゃいますね」

微妙に口ごもりつつ、梨絵も卯月の意見に同意する。

梨絵自身もそう思っているとは、なんとなく言いにくかった。

「ほら、今年のゴールデンウィークに、地元のテレビ局が遊園地の特集組んでたでしょう？　おたくの支配人をスタジオに呼んでインタビューして……収録終わって飲みに行ったとき、局の女子アナが何人も突撃したらしいのよ。けど、全員玉砕したんだって」

その話は卯月の通っているアナウンススクールで聞いたという。

スクールにはテレビ局で一般採用されながら、アナウンサーを目指す人たちが多く通っていた。イベント会社で司会をしている卯月は、ステップアップのために受講している、と聞いたことがある。

だが、意外にミーハーでゴシップ好きな卯月の場合、そちらが目的に思えてならない。

「卯月さん……相変わらず好きですのね。そういったお話が」

梨絵は思わずため息をついてしまった。

「何？　そのため息……マユツバだと思ってるわね」

「そんなことは思っておりません。ただ、支配人が女性を泣かせている、とか。そういうお話ならちょっと……」

「そうじゃなくて、まったく女を寄せ付けないって話よ。聞いたところによると、あなたのためならなんでもします、とか言って、酔ったフリして迫った女もいたんだって。そうしたら真顔で、本当になんでもするんだな、って。女のほうがビビッて撤回したって。ゲイって噂《うわさ》が前からあったけど、ひょっとしたらヤバイ性癖の持ち主なのかも」

卯月は「いい男なのに残念よね」とカラカラ笑う。

「それで？　私に何か用？」

まさか、その残念な男性と結婚が決まったとは、最後まで口にできなかった……。

☆
★
☆

その日の営業終了後、従業員たちが集まり、ふたりの婚約を祝ってくれた。

「支配人、九条さん、ご婚約おめでとうございまーす！」

場所は王国内のフードコート。ドーム式の屋根が張ってあり、王国内で購入したものだけでなく、持ち込みのお弁当も食べられる場所だった。

そこにフライドポテトやホットドッグなどが並べられ、ソフトドリンクと乾杯用に缶ビールも用意されていた。

刀真は先ほどの発言など忘れたかのように、梨絵の隣に立ち、澄ました顔で笑っている。

（できることなら、今日は帰りたかったのだけれど……）

両ひざをすり寄せ、スカートを手で押さえた。

チケット売り場で見せた梨絵の痴態《ちたい》など誰も知らない。いや、刀真以外は知らないのだから、気づかれるはずはないと思うのだが、どうも不安でならない。

なぜなら……。

「あたしぃ、嘘《うそ》は言ってませんからぁ。そりゃあ、支配人はステキな方だし、魅力的だけどぉ……。九条さんにはカレシがいたじゃないですか。それなのに、お金のために支配人を誘惑するなんてぇ」

声の主は萌花だった。

少し舌足らずに聞こえるのは、ビールを飲みすぎたせいらしい。

萌花は酔っているのをいいことに、刀真にしなだれかかるようにしている。

周囲の人間は困ったような顔をしているが、刀真本人は一切おかまいなし。萌花のしたいようにさせていた。

『やっぱり、あのふたり……』

『そうよ、ねぇ』

そんな声が耳を掠《かす》める。

刀真から萌花との関係は何も聞いていない。

梨絵と刀真が交わした契約書は、早くいえば借用証だ。刀真は〝妻〟に彼女の財産を担保として大金を貸した形になっている。それには婚姻関係が必須だが、ふたりの結婚生活に関してはなんの条件もつけられてはいなかった。

簡単に言えば――お金の問題で梨絵から離婚は言えなくても、刀真の不貞行為を黙認する約束などしていない、ということ。

もちろん、梨絵も夫の浮気に目を瞑《つぶ》るつもりはない。

だが、婚約以前の関係にまでは口出しできない。

「飲みすぎだよ、二階堂くん。それに、何かの間違いじゃないかな？　私はそんな話は聞いていないし……そうだったね、梨絵」

刀真はごく自然な笑顔を梨絵に向けた。

本物の婚約者を見るような優しげなまなざしを向け、甘い声で梨絵の名前を呼んだ。振り回されっぱなしではあまりに悔しく、梨絵も笑顔で応じる。

「ええ、もちろんです。わたくしに恋人なんて」

「じゃあ、桂介《けいすけ》先生はなんなのよぉ？　軽薄に見える支配人より、桂介先生のほうがカッコいいって。ヒーローショーで司会やってるオトモダチに話してたじゃない。あたし、聞いたんだからっ」

周りが止めるのも振り切り、萌花は梨絵に詰め寄ってくる。

そのときだ。トロンとした萌花の目が梨絵に近づいた瞬間――キッと引き攣《つ》った。彼女は酔ってなどいない。悪意に満ちたそのまなざしに、梨絵は確信する。

「いいわよねぇ。お城のお姫さまってだけで、オトコはよりどりみどりだもんねぇ。ホントはオンボロの家に住んでる貧乏人なのにぃ」

その場にいた全員が息を呑《の》んだ。

梨絵は横目で刀真の顔を見る。婚約者がここまで馬鹿にされているのだ。少しくらい庇《かば》って当然ではないだろうか。

しかし、まるで意に介さない様子で刀真はビールのグラスに口をつけていた。

梨絵は姿勢を正し、凛《りん》とした声で萌花に言い返す。

「いい加減にしてください、二階堂さん。そんなに酔われては、皆さんにご迷惑ですよ」

「なによぉ、えらそうにぃ。立派な蔵があっても空っぽじゃない。いつまでもそんなもんにしがみ付いて、バッカみたい」

「荒瀬室長、二階堂さんはひどく酔われているみたいです。タクシーを呼んであげてください。どなたかに付き添っていただけたら……」

萌花の自宅は王国からタクシーで一メーターの距離だ。それを知っていて、梨絵は荒瀬に声をかけた。

そのとき、予想外の人物が名乗りをあげる。

「では、私が付き添っていこう」

刀真だった。

「あ、いえ……支配人は姫さんを……いや、九条さんと婚約されたので」

荒瀬も驚き、いささか意味のなさない言葉をつぶやき始める。

「二階堂くんを王国に呼んだのは私だ。君たちには、私たちの婚約を祝ってもらっているのに、これ以上迷惑はかけられないさ」

萌花はパッと目を見開き、ふたたび酔った仕草で刀真に抱きついた。

「梨絵……君のことも送っていくつもりだ。私が戻るまで待っていてくれるかな。――いいね？」

それは『ノー』と言わせない問い。

「はい。わかりました」

刀真の思惑がわからないまま、うなずく梨絵だった。

☆　★　☆

「桂介センセイ、か……たしか、O大の城郭研究室にいる池田《いけだ》桂介だったな」

「え？　ええ、そうですが……」

城主館まで送ってもらう途中、ふいに話しかけられ、梨絵は少し上ずった声で答える。

萌花とともに王国を出て、ほんの二十分ほどで刀真は王国に戻ってきた。

（わたくしを長い時間待たせて、嫌がらせをするつもりだと思ったのに）

そんな思惑に反して、本当に送り届けてきただけらしい。ますます、彼が何をしたかったのか謎だ。

ただ、刀真の命令に逆らえば、今度はどんな無理を言い出すかわからない。

とりあえず彼に従い、近いので送ってもらわなくても結構、と伝えてひとりで帰るつもりでいた。

だが、

『城の周辺は外灯も少なく、チカンも出没する。そんな危険な夜道をひとりで帰らせるわけにはいかない』

そんなふうに言われたら断ることもできず――。

「なるほど、君の初体験の相手は、桂介センセイとやらか」

刀真はフンと鼻で笑うと、

「キスは下手くそだが、スカートの中だけはやたら開発されたみたいだな」

スカートの裾を指先で持ち上げた。

梨絵は反射的に刀真の手を払う。

「やめてくださいっ！　先生とはなんの関係もありません」

「関係あるさ。友人に、軽薄な私よりその男のほうがいいと答えたんだろう？」

「友だちが支配人……刀真さまを褒《ほ》めたからです。わたくしはただ、派手でモテるタイプの男性には興味がありませんでしたから。そのことに何か問題でも？」

梨絵の経験が豊富だと刀真は思い込んでいる。

ならば、たとえ桂介とどういう関係であったとしても、刀真には関係がないはずだ。

「ま、しがない大学講師に姫さまを買う金はない、か」

その言葉に梨絵の心は怒りで震えた。

池田桂介は三十三歳。いまだに、准教授にもなれない講師の身分で、刀真の言うとおり高給取りではなかった。

だが、人柄は申し分なく素晴らしい。

中学受験のときには家庭教師をしてもらい、そのころはずっと、桂介に淡い憧れを持っていた。年齢差もあってか、桂介が梨絵を女性扱いしたことは一度もなく、梨絵の思いも恋愛感情に発展することはなかった。

（もし、桂介先生と愛し合っていたのなら……）

愛する人がいながら、他の男性に抱かれるなど、梨絵には受け入れられなかっただろう。

刀真のひどい仕打ちを思い出すたび、最初に支配人室で彼に見惚《と》れた自分の愚かさを思い知る。

「桂介先生は立派なかたです！　暁月城を研究テーマにされて、お城の案内もすべてボランティアで引き受けてくださっています。お金で花嫁を買うようなかたと、一緒になさらないで！」

「それは失礼したね。だが、その金に買われて、喘《あえ》ぎながら腰をふる女もいるんだよ。誰とは言わないが」

言わなくても、それは明らかに梨絵のことだ。

彼女は足を止め、刀真を見据《す》える。

「おっしゃってくださってもかまいません。わたくしは、お金であなたに買われた女ですから」

梨絵は毅然《きぜん》とした態度を崩さずに言い返した。

胸と頬が熱い。悔しさに涙がこみ上げるが、刀真の前で泣くことだけはしたくない。

「どうぞ、お好きなだけわたくしを蔑《さげす》まれたらいいわ。ですが、桂介先生を笑いものにはなさらないで！　少なくとも先生は、普通に結婚できるかたですもの。〝お金を払わなければ結婚できない〟かたとは違います！」

人を傷つけることは好まない。争いごとは極力避け、自分が謝って済むことなら、迷わず頭を下げる。

そんな梨絵が、刀真を傷つけたくて口にした言葉だった。

卯月から、刀真の性癖に関する噂を聞かされた。そういった問題があるから、普通の女性と結婚できない。だからこそ、金で花嫁を買ったのだ。そして、どうせ買うなら付加価値の高い花嫁――暁月城城主を選んだ。

スイートルームでさんざん弄ばれたものの、最後まではしなかった。チケット売り場でも同じだ。彼は女性が嫌いで、ただただ辱めたいだけかもしれない。

そんな思いが心を占め、梨絵は瞬きもせずに刀真の顔を睨《にら》み続けた。

そのときだった。ほんの一瞬、彼の顔に浮かんだ深い悲しみに気づいてしまった。

（あ……わたくしったら、なんてことを。傷つけられたから、傷つけ返すなんて……同じことをして、どうなるというの）

しかし、梨絵が謝罪を口にする前に、

「いいだろう。望みどおり、存分に君を蔑んでやろう」

刀真の口もとは妖しく歪《ゆが》み、彼は梨絵の手首をつかんだ。

足早に二ノ橋を渡りきると、正門前を通りすぎ、人目につきにくい石垣の辺りまで引っ張って来られた。

　すると、刀真は力まかせに梨絵の身体を石垣に押し付ける。

「こ、こんなところで、いったい何を？」

「城が好きなんだろう？　君にぴったりの場所じゃないか」

　言うなり、刀真にキスされた。彼の唇からはビールの苦い味が伝わる。アルコールを飲めない梨絵は、彼の吐息だけで酔ってしまいそうだ。

　唇を離したとき、刀真は梨絵と逆の感想を口にした。

「甘酸っぱい味だな。爽やかすぎて、君のような女にはふさわしくない味だ」

　おそらく、梨絵が飲んでいたアップルジュースの味でもしたのだろう。

「でしたら、離してください。キスなんてなさらないで」

「香水くらいつけたらどうだ？　買う金がないならプレゼントしようか？」

　刀真は梨絵の首すじに唇を這《は》わせながら、そんな言葉を口にする。

　香水などつけたことも、欲しいと思ったこともない。

「……結構です」

「ドレスも宝石も喜んでいたくせに」

　婚約披露パーティのドレスやアクセサリーはすべて刀真が用意した。

　もちろん、梨絵もそれなりに準備していたのだが、『価値のない安物だ』『私に恥をかかせる気か?』そんなことを言い、従わせたのは彼だった。

「喜んでなどおりません！　ほかに着て帰るものがなかっただけです。エンゲージリングはあなたが強引にはめたものではありませんか⁉　明日にでも全部お返しいたします」

「……口の減らない女め」

刀真は梨絵の私服であるシャツブラウスのボタンを、上から二個はずした。谷間が露《あら》わになり、そこに刀真は吸いつく。

「あ……やっ、やめてください。跡が残ってしまいます」

昨夜、刀真がきつく吸った跡は、今でもしっかり残っている。

「残しているんだ。どこかの大学講師にフラフラされたら、私の恥だからな」

「わたくしは、そんな女ではありません！」

「わかるものか。こんなにいやらしい身体なんだ。君は〝ところかまわず〟のさかりがついたメス猫と同じだ！」

刀真は吐き捨てるように汚い言葉を投げつけた。そのまま、大きな手で梨絵の身体を下になぞっていく。

彼女は必死になって身をよじり、彼から逃れようとした。なぜなら……。

刀真の指が太ももでピタリと止まる。

「なんだ、替えのパンストがなかったのか？　王国内の売店でも売ってるだろうに」

気づかれてしまった。

梨絵は心の内で青ざめ、彼の指がこれ以上進まないことを願う。

「そんなこと……できません。どうして替えがいるのか……あなたとチケット売り場で何を……ああっ、やあっんんっ！」

「これは驚いた。君は下着も穿《は》かずにいたのか？」

願いも空しく、刀真の指は遠慮なしにスカートの奥までたどり着いた。

今になって思えば、伝線したといってパンストだけでも買えばよかったのだ。しかし、あのときは羞恥心が先に立ち、売店に足を踏み入れることすらできなかった。

無防備な場所に刀真は荒々しく触れる。すると、そこから新しい蜜が滴り落ちた。彼は湧き出る泉の縁を指でこすり始める。

「大洪水だな。例の大学講師にもこんなふうに濡れたのか？　この奥にヤツのペニスを飲み込んだんだろう。どうだ、気持ちよかったか？」

そんな卑猥《ひわい》な言葉に梨絵の身体は煽《あお》られ、快感がさざ波のように襲ってきた。

「くぅっ……はぁう」

唇を噛《か》みしめ、波がおさまるのを待つ梨絵に、刀真の無情な命令が下る。

「壁に、手をつけ」

「嫌です！　こんなところで、どこまでされるおつもりなのですか？　これ以上は……」

「イエス以外の返事はいらない。買われたオモチャが逆らうな！」

石垣には蔦《つた》が絡み、苔《こけ》がびっしりと生えていた。そこに手をつかされ、スカートを捲《まく》り上げられる。

初夏とはいえ、下腹部を夜風に晒《さら》されたときはゾクッとした。

その直後、刀真の手が梨絵のヒップを鷲《わし》づかみにし、左右に押し広げたのだ。

「きゃ……やぁ、んんっ」

生温かい弾力のあるものが、その部分に押し当てられ、ゆっくりと上下した。

それが、刀真の舌であると気づいたときには、抵抗する間もなく梨絵の太ももは小さく戦慄《わなな》いた。

「この感度なら、さぞかしヤツも喜んだだろうな」

刀真は背後から梨絵の身体を押さえ込むように、顔を覗《のぞ》き込んでくる。快感の余韻に瞳を潤ませながら、梨絵は憎しみをこめて刀真の瞳を見返した。

「それは……桂介先生が羨《うらや》ましいということでしょうか？」

「なんだと？」

「友だちから聞きました。あなたは……普通のかたとは違う性癖の持ち主だ、と。女性より男性がお好きなのでしょう？　それならそれで、いいではありませんか？　むしろ、こんなふうに、女性をオモチャにして辱めることのほうが……異常としか思えません！」

しだいに濃くなる闇の中、刀真の瞳に狂気が宿った。

「君たちは、よほど私をゲイにしたいらしいな」

それは身震いするほど、危険を孕《はら》んだ声だった。

そのとき、正門とは逆のほうから人の足音と声が聞こえ――。

第五章　処女喪失

『やぁん、もう……これ以上はダーメ』

『じゃホテルに行く？』

それは、じゃれ合う若いカップルの声だった。

石垣の奥は行き止まり。おそらく、外堀を眺めるために置かれたベンチのあたりで、ふたりきりの時間を過ごしてきたのだろう。

「人が来ます。もう、放してください」

梨絵はホッと息を吐いた。

さすがの刀真もこれ以上の暴挙には及ばないだろう。彼から離れようと身をよじり、片手でスカートの裾《すそ》を下ろそうとした。

だが——。

「私が異常だと言ったな。梨絵、君に後悔という言葉を教えてやろう」

刀真の梨絵を押さえ込む力が一層強くなる。背後から覆いかぶさるように動きを封じ、腰あたりで刀真はごそごそと動き始めた。

若いカップルの話し声はどんどん近くなる。サクサクとスニーカーで土を踏みしめる音もすぐ近くまで来ていた。

「いや……お願いします。こんなところを見られたら……二度と人前に出られません」

梨絵は何をされるのか恐ろしくなり、恐怖のあまり懇願する。

その直後、先ほどの愛撫《あいぶ》に濡《ぬ》れそぼり、柔らかくなった蜜口に硬いものが押し当てられた。

「あ、いやっ、待ってください。こんなところで……いやあぁっ！」

身体をふたつに引き裂くような痛みが梨絵を襲う。

堪《こら》えきれず、膝から崩れ落ちそうになったとき、背後から刀真の手に支えられた。同時に、灼熱《しゃくねつ》の昂《たかぶ》りがさらに奥まで入り込んでくる。

「なんてキツさだ……君が締めてるのか？　それとも……」

梨絵は何も答えず、唇を嚙《か》み締めた。

（こんなところで……こんな姿で……初めて男性を受け入れることになるなんて）

痛い、と声にするのは悔しい。〝経験豊富な大人の女性〟それがお芝居だったなんて。

二十四歳の梨絵が処女だったと刀真に知られるのは屈辱にほかならない。

だが……。

『おい、なあ……あそこに誰かいないか？』

『え？　嘘《うそ》』

そう言いながら、ふたつの足音はこちらに向かってきた。

(ああ、ダメよ。お願いですから、こちらには来ないで。こんな格好を見られたら……もし、わたくしのことを知っている人だったら)

梨絵だけではない。刀真にしても決して人に知られたくない醜態のはずだ。

それにもかかわらず、ふたりの足音がすぐ近くで止まった瞬間、刀真はグッと腰を動かした。

「あうっ!」

梨絵はすぐに口を閉じたが、刀真は彼女の中ではちきれんばかりに膨らんでいる。その上、人目も気にせず、リズミカルに打ちつけ始めた。

『うわ、すげぇ、マジでやってる』

『やだぁ……あっち行こうよ』

梨絵の耳に興奮を露《あら》わにした男性の声と、恥じらう女性の声が聞こえる。

(……見ないで。わたくしだとは気づかないで……お願い)

そんな言葉を頭の中で繰り返していた。

少し経つと痛みも薄れてくる。そのとき、刀真がふたりの繋《つな》がった部分に触れた。

「あぁん!」

梨絵は電気が走ったような衝撃に、それまでとは違う声をあげていた。

頭のうしろで刀真の荒い息が聞こえる。

「すごい……まさか……まさか、こんなことが！　あぁ、もう……クッ！」

その瞬間、梨絵は体内に熱い飛沫《ひまつ》を感じていた。

☆　★　☆

「梨絵さん！　たくさんのかたから、お祝いの電報やお品が届いていますよ。休みだからって寝ていないで、お礼状でも書きなさい」

階下から母の声が聞こえる。

梨絵は重い頭を上げ、「はーい、わかりました」と答えた。

そして、ベッドの上で身体を起こそうとしたとたん、下半身に疼痛《とうつう》が走り──。

昨夜、梨絵は処女を失った。立ったまま、城の石垣にもたれかかり、うしろから貫かれたのだ。しかも、ふたりの人間に見られてしまった。若いカップルのようだったが、梨絵か刀真の正体に気づいただろうか？　もし気づかれていたら、あっという間に噂《うわさ》は広まるだろう。

そうなったときのことを考えると、朝方まで眠れなかった。

(今日がお休みで本当によかった)

刀真もさすがにやりすぎたと思ったのか、終わったあと、ハンカチで梨絵の太ももについた汚れを拭ってくれた。

『梨絵……君はひょっとして』

たぶん出血があったのだろう。城をライトアップする光がわずかに届くくらいの明るさだったが、薄い色のハンカチが朱色に染まれば気づいたはずだ。

梨絵は何も答えず、胸元のボタンを留め、スカートを整えると自宅まで走って帰った。

あれから刀真がどうしたかなんて、梨絵の知ったことではない。

（あんな場所で……あんな、ひどいことを……）

刀真の強引な行為は受け入れがたいが、反面、ゲイという噂が嘘《うそ》だったことはわかった。

（まさか……刀真さまは結婚するまで、深い関係になりたくなかった、とか？）

それを『女性より男性がお好きなのでしょう？』『異常としか思えません！』などと言って、挑発してしまった。

刀真はたしかに良血の花嫁を求めてはいたようだが、急ぐ必要はなかったのではないだろうか。刀真の援助が欲しかったのは梨絵のほうだ。それを『〝お金を払わなければ結婚できない〟かた』などと言ってしまった。

（刀真さまを怒らせたのは、わたくしのほうかもしれない）

あれほどまでに苛立ち、怒りをぶつけたのは、きっと刀真が萌花を送っていったからだ。そして、そのことを一切説明してくれなかった。

（二階堂さんはきっと、刀真さまの目に可愛らしい女性として映っているのね。それに比べてわたくしは……）

最初から、慣れているフリなどしなければよかった。性的なことは一切経験がない、と正直に話していれば、刀真も優しくしてくれたかもしれないのに。

刀真の冷たく美しい横顔。彼女の中に押し込まれた指先と彼自身の猛々しさ。痛みや不快感を乗り越えた、気が遠くなるような不思議な感覚。おそらくは男性が最後の瞬間を迎えたときの、微熱を感じさせる声。

（最後は……そんなに嫌ではなかったわ。次も、また……今日も会いに来られるのかしら？　もし求められたら……）

梨絵は起き上がることをやめ、しばらくベッドの上を転がりながら、昨夜の経験に思いを馳《は》せた。

暁月城内は基本的に三段の構造になっている。

正門を入り、すぐに広がるスペースを下の段と呼ぶ。そこには梨絵たちの住む城主館がある。

石段を昇っていくと、そこが中の段だ。

中の段には土台となった石が積まれた跡があり、説明文の書かれた看板が立っている。江戸時代、藩の政治の中枢を担ったといわれる御殿の跡が発掘されており、現在も調査中の場所だ。

そして、最上段――本段と呼ばれる場所に天守閣があった。

天守閣の入り口付近にはカエデやイチョウの木が、天守閣前広場の周囲には桜の木が植えられ、季節ごとに彩りを添える。

天守閣の横にみやげ物屋と茶店が並び、そちらは幸福屋デパートの直営になっていた。

以前は定休日なしだったが、十年前に隣のチャイルド王国が開業。そのとき、王国と同じ毎週火曜日を定休日にした。祝祭日や夏休み・お正月などは例外だが、六月のこの時期は、普通に定休をとっている。

「梨絵さん、今日は午後から天守の清掃のかたたちが入られますからね」

九条家の窮状をみかねて、市民団体がボランティアを募り、月に一度城内の清掃に来てくれる。

もちろんそれだけでは充分とはいえない。

とくに堀の周辺は行き止まりになっていることもあり、目につかない分だけゴミも放置されやすい。母が言いたいのは、ボランティアのくる前に堀周辺の清掃を済ませておけ、ということだろう。

梨絵は遅い朝食をひとりで食べながら、箸《はし》を置くと母に返事をする。

「ねぇ、お母さま。掃除が嫌だと言っているわけではないの。結婚してからも、できる限り手伝うつもりでいます。でも、刀真さまが必要な人員は雇うようにと、いろいろ手配してくださったでしょう？　ボランティアではなくて、シルバー人材センターなどにお願いしたほうが……」

そういったことも含めて、梨絵は刀真のプロポーズを承諾したのだ。

できれば、両親や祖母にはもっと自由になる時間を作って欲しいと思っている。

「刀真さんのお気持ちはありがたいけれど……」

母は言葉を区切ると、ダイニングテーブルを挟んだ梨絵の正面に座った。

「梨絵さん。本当にお城のための結婚ではないのよね？」

「違います。それとも、刀真さまにはお金以外の魅力はない、とお母さまは思っていらっしゃるの？」

梨絵はなるべく落ちついた声で、お茶に手を伸ばしながら答える。

だが、母の不安はどこか別のところにあるようだ。

「そうではないのよ。わたくしね、実は刀真さんのお母様と同級生だったの。同じ女子校に通っていたのよ」

「まあ！　それは存じませんでした。わたくしも卒業した学校でしょう？　刀真さまのお母さまも卒業生でしたのね」

「いいえ、それは……少し違うのだけれど。梨絵さんは刀真さんのご家族のこと、どこまで聞いておられるの？」

迷っている様子の母に梨絵は正直に答えた。

「ご両親は亡くなられていて、ご家族はお姉様とふたりきり、と。ああ、会長であるおばあさまは、なかなか会いに行けない場所でご静養中だと聞きました。違いましてて？」

「それはおかしいわね。刀真さんのおばあさまは市内のご自宅で静養されている、という話を聞いたのだけど。八年ほど前にご病気で倒れられてから、ずっとではなかったかしら？」

母の断定的な言葉に、梨絵は首をかしげた。

刀真の口から祖母に会わせたいという話は一度も出ていない。姉はニューヨークに出張中だから、戻りしだい席を設けよう、そんなふうに話していたのに。

すると、母は刀真の母親のことで信じられないことを言い始めたのだ。

「相楽清美《きよみ》さんとおっしゃってね、高校二年のとき、東京から仕事で来られていた男性と駆け落ちなさったの」

今から三十年以上前の話だった。

どうりで、母が言いづらそうにするはずだ。しかし、理由はそれだけではなかった。

「清美さんのお母様、刀真さんのおばあさまだけれど……それは厳しいかただったわ。清美さんをお茶に誘っても、叱られるから、といつも断っていらしたの。だから、お友だちも少なくて。気になって聞いたことがあるのだけれど……決められた帰宅時間から一分でも遅れると、竹尺でぶたれるとか」

学校でも大きな音や怒鳴り声が聞こえると、ビクビクしていたという。

その清美が母親に逆らい家を出たのだ。それを聞いた大人たちは、清美の母親の執念深さを知っているだけに、非常に驚いたらしい。

そして大人たちの想像どおり、清美は強引に連れ戻された。

「そのとき噂《うわさ》があったのよ……清美さんが妊娠しているらしい、と」

「それは、本当でしたのね？」

母は小さく首をふる。

「はっきりしないまま、清美さんは再び家を出られたの。今度はひとりでどこかに姿を隠してしまわれて……。そのまま、二度と戻って来られなかったわ」

「でも、刀真さまのお姉さまが」

梨絵が聞いたとき、五歳上の姉、と言っていた。逆算すると……。

「ええ、そうね。だから、あの噂は真実だったのでしょうね。そのあと、刀真さんをお産みになって、亡くなられたと聞いているわ」

母は、刀真と彼の姉は父親が違うのではないか、という。

清美が刀真の父と結婚していたかどうかも不明らしい。

ただひとつ、梨絵が生まれる一年半ほど前、姉弟の祖母・相楽亜久里がふたりを引き取った、ということは確かなようだ。

梨絵は相楽家のことを話す母の口調に、わずかだが不愉快なものを感じた。

「お母様が不満そうにしていらっしゃるのは、刀真さまが私生児かもしれないからですか？」

　すると、母は慌てた様子で、

「違いますよ。親のことで刀真さんに不満をいうつもりはありません。ただ、ね……刀真さんは清美さんによく似ておられるのよ。もちろん清美さんも美しいかたでしたけれど、それとは違って……」

　一度言葉を止めてから、思い切ったように口にした。

「刀真さんのおばあさまはお元気なころ、〝相楽の山姥《やまんば》〟と呼ばれていたのよ。会社でもワンマン社長で、恐れられる存在だったらしいわ。同じかたに育てられたせいかしら、繊細で人を寄せつけない雰囲気がそっくりなの。それが不安で……本当に、あなたのことを幸せにしてくれるのかしら、と」

〝相楽の山姥〟――梨絵はその恐ろしげな愛称を胸のうちで繰り返しながら、母には「大丈夫ですから、心配なさらないで」と笑ってみせた。

――刀真はどうして祖母の話をしなかったのだろう？　会いに行けないと言われて、勝手に市内にはいないと思い込んでいた。彼は祖母に梨絵を会わせたくなかったのだろうか？

　梨絵はそのことを考えながら内堀周辺のゴミを拾っていた。

母の話がどうしても頭から離れない。婚約披露パーティでは、刀真の親戚の人たちも多く集まってくれた。どちらかといえば遠縁にあたるが、幸福屋グループではそれぞれ要職に就いている人たちばかりだ。彼らからも、とくに亜久里の話題は出なかった。

これが普通の婚約なら、すぐにも電話をかけて尋ねることができる。

(でも、わたくしたちは……)

梨絵はため息をつきながら、スチール製の火ばさみで雑草の中に落ちたティッシュを拾いゴミ袋に入れた。

そのとき、はたと気づく。

ここは、梨絵が刀真に処女を奪われた場所である、と。

こうしてみると、周囲は松林でかなり見通しが悪い。奥は行き止まりなので、何か目的でもなければ人は入ってこないだろう。

内堀沿いには小道があり、青いポリエチレン製のベンチも置かれていた。

昨夜のカップルは、ふたりきりになりたくてこんな場所までやって来たのだ。そしてベンチの辺りでイチャイチャしたあと、引き上げるところだったに違いない。

石垣の苔がはがれ、パラパラと地面に落ちている。

地面を踏み荒らした跡も、目に見えて新しい。

(ここに手をついて、わたくしは刀真さまに……)

刀真の息遣いが耳の近くで聞こえる気がして、梨絵は目を閉じて首をふった。

その直後、梨絵はかすかな足音に気づいた。石垣の向こうから誰かが近づいてくる気配がする。

（ま、まさか、刀真さま？）

今日はなんの約束もしていない。王国は休みでも刀真は忙しく働いているはずだ。そう思うのに、なぜか心が浮き立ってしまう。

（わたくしは何を考えているの？　桂介先生のような優しくて穏やかな男性が好みだったはずよ。刀真さまを受け入れたのは……城主としての責任からだわ）

刀真が自分を訪ねてきたとしたら？

顔を見るなりキスされたら？

とめどない想像に、梨絵は自分の感情がコントロールできないでいた。

（冷たくて、いやらしくて……お金でわたくしを買ったと言って憚《はばか》らない人よ。これ以上、考えるのはやめなさい！）

足音が徐々に近づいてきて……。

しだいに、梨絵の下腹部は熱く疼《うず》き、わずかに呼吸が速くなった。

次の瞬間、石垣の向こうから人影が姿を現す――それは刀真ではなく、梨絵にも見覚えのない男だった。

背丈は彼女とそう変わらない。だが、体重は倍以上ありそうだ。年齢は……十代かもしれないし、三十代と言われてもうなずける。何より気になるのは、メガネの奥に見える充血したまなざしと、六月なのにしっかりと着込んだトレンチコート。

刀真じゃなかった。

ホッとするより、ガッカリしている自分に驚きながら、梨絵は道を譲るつもりで、石垣近くに避ける。

だが、どうしたことか、男はまるで動く気配がない。

「あの、わたくしに何かご用でしょうか？」

「暁月城の姫さま？」

想像よりかん高い声で聞かれた。

梨絵が気持ちを切り替え、営業スマイルでうなずこうとしたとき、男は信じられないことを言ったのである。

「昨夜さぁ……ここでセックスしてたよね？」

梨絵の表情が凍りつく。

すると、

「姫さまって立ちバックが好きなんだねぇ。僕もさ、とっても好きなんだよぉ」

ヒャッヒャッヒャッヒャッ——男は奇妙な声で笑いながら、おもむろにトレンチコートの前を開いた。

「きゃ……」

コートの中は全裸だった。

そしてあろうことか、その男は自分のペニスを握り、上下にこすりながら梨絵に近づいてきたのだ。

梨絵は足が動かず、叫びたくても悲鳴もあげられない。

「ほら、ほら、僕のもこんなに大きくなったよぉ。うしろから入れてあげるからさぁ。早くお尻を見せてよぉ」

「こ、こないで……いや、近づかないで……」

しっかりしなくては。

こういったときは、もっと毅然《きぜん》とした態度をとらないと。

そう思うのだが、少しも身体が動いてくれない。少しずつ、震える足でうしろに下がる。だが、すぐに石垣に背中が当たってしまった。

「早くしないと出ちゃうからさぁ」

ヒャッヒャッヒャッ――その口から再び笑い声が漏れ、男は梨絵に向かって手を伸ばした。

「言うとおりにしてくれないなら、ネットに書いちゃうよぉ。姫さまがお堀の近くでセックスして……ギャアァッ！」

男の手が梨絵に触れる寸前、奇妙な笑い声が悲鳴に変わった。

梨絵の目に、男の髪を鷲《わし》づかみにする手が見え――男は梨絵から引き離された。

そのまま、背後の松林に向かって放り投げられ、地面をゴロゴロ転がって行く。そして一本の松に激突したあと、男は頭を押さえ泣き始めた。

「よくも私の梨絵を――」

憤怒の形相で男を睨《にら》んでいたのは、刀真だった。

第六章　天守閣の情事

——どうして刀真がここにいるのだろう。どうして刀真が助けてくれるのだろう。どうして『私の梨絵』なんて。どうして、どうして——。

梨絵の頭の中に『どうして』ばかりがグルグル回る。

その結果、彼女は思いもよらなかった行動に出てしまったのだ。

固まっていた足がふいに軽くなり、梨絵は吸い寄せられるように、刀真の胸に飛び込んでいた。

「刀真さま……刀真さま……」

ゴミ袋と火バサミが音を立てて地面に落ちる。

黒い無地のTシャツにジーンズ、手袋まではめた掃除スタイル。きちんとした格好を好む梨絵にすれば、それとはほど遠いファッションだった。

でも今は、そんなことなどまったく気にならない。

「梨絵、大丈夫か？　怪我は？」

刀真は予想以上に真剣な目をして梨絵の顔を覗《のぞ》き込んでいる。本気で彼女の身を案じているかのようだ。

「だい……だいじょうぶ……」

声にした瞬間、ふわっと涙腺がゆるみ、梨絵の頬に涙が伝った。

すると、刀真の大きな手が梨絵の頭をうしろから押さえ……それは、彼の腕の中に強く抱きしめられる形になり――。

梨絵の耳に、しだいに速くなる刀真の鼓動がいつまでも響いていた。

男は刀真が呼んだ警察に現行犯で逮捕された。

暁月城とチャイルド王国の定休日になると、城の近辺は急に人の気配がなくなる。全裸のコート男は、そこを狙って出没するチカンだった。

「いろいろ噂《うわさ》を聞いていたから、心配していたのよ。でも、こんな昼間から……。梨絵さんが無事でよかったわ。刀真さん、本当にありがとう」

訪ねてきた刀真に、梨絵が内堀沿いの掃除に出たと伝えたのは母だった。

刀真は母に、『仕事で近くまできたので』と説明したらしいが、真意はわからない。

問題は、コート男が大声で『あのふたりだってヤッてたんだ。石垣のところでセックスしてたんだよぉ』と何度も叫んでいたことだろうか。

野次馬がたくさん集まり、好奇の視線は梨絵に集中した。

警察は当初、男を黙らせようとしていたが、まさか口を押さえて殴りつけるわけにもいかない。やがて警察も、襲われたときのことも含めて、事情を聞かせて欲しいと梨絵に言い始めた。

だが、そんな警察の矛先をかわしてくれたのも刀真だった。

「昨夜、梨絵さんをご自宅近くまでお送りしました。婚約したばかりですからね、別れ際に親密になるのはごく当たり前だと思いますが。しかし、彼の言うような真似《まね》は……。この近くでデートするカップルは多いと聞きます。それに、チカンの言葉を真に受けるのもどうかと思いますね」

彼は実にアッサリと、ふたりの行為を親密の一言で片付けてしまった。それでいて、チカンの言葉を否定してもいないのだ。

そんな刀真の言葉に警察は納得したらしい。「おっしゃるとおりです。いや、ご協力ありがとうございました」と頭を下げた。

「ほかにも不心得者がいるかもしれません。王国の休みには付近の巡回を強化してください」

刀真は悪びれることなく、そんなことまで付け足したのだった。

警察が引き揚げ、野次馬もいなくなったころ、刀真は『天守閣が見てみたい』と梨絵を誘った。

観光客のいない城内はとても静かだ。神社の境内にも似た涼やかな空気が、梨絵の心から、チカンに襲われた、というショックを消し去ってくれる。

ふたりは肩を並べて、不揃いな石段を一段一段上がって行く。慣れたはずの場所だが、隣に刀真がいるというだけで梨絵の足もとを狂わせた。

「きゃ」

少し高めになっていた段につま先がかかり、梨絵は前のめりになる。そんな彼女の身体を刀真が支えた。

「あぶない姫さまだ。ほかのことに気を取られているからだぞ」

それは刀真の言うとおりだろう。

フィアンセの横顔と、『私の梨絵』と呼んだ彼の真意ばかりが気になり、足もとへの注意がおろそかになっていた。

(どうしてあんな言葉を口にされたのかしら?)

梨絵は桜の木が並ぶ辺りに向かって、ゆっくり歩を進める。気持ちを落ちつかせながら、刀真に尋ねた。

「あの……助けていただいたことに感謝申し上げます。ですが、お城にいらしたのはなぜですか?」

「……君に会いたかったから。と言ったら信じるか?」

梨絵はドキッとする。

だが、片笑みを浮かべる刀真の表情に気づき、慌てて自分を諌《いさ》めた。そんなことはありえないのだから。

「やめてください。わたくしをからかうのは」

「そうだな。では、はっきり聞こう。君は経験者のフリをして、私を騙《だま》したんだな」

「そ、それは、なんのことでしょう?」

「どうして処女だと言わなかった?　そう言えば、もっと高値をつけてやったのに」

先ほどとは別の緊張が梨絵の全身に走った。

「それは……存じませんでした。支配人が未経験者のほうに価値を見出されるかただなんて。てっきり、経験豊富な女性を望んでおられるのだと」

梨絵の声は震えていた。未経験者は困る、といった口調だった。もちろん恥ずかしさもあったが、刀真の言葉から経験者を装ったのだ。

「男とはそういうものだよ。遊び相手と妻にする女は別だ。他人の手垢《てあか》などついていないほうがいいに決まっている」

「……だから、さっき〝私の梨絵〟と……?」

「君は私だけのモノだ。何度もそう言ってるだろう」

刀真は嘘《うそ》を言ったわけではない。ただ、梨絵が勘違いしただけだ。そう自分を納得させようとするが、心と身体に焼き付いた〝親密な行為〟が梨絵の胸をざわめかせる。

「それとも私に、『愛してるから』とでも嘘をついて欲しいのか?」

「いいえ!　そんなこと、考えてもおりません。わたくしはただ……あの程度のチカンでしたら、ひとりでも充分に太刀打ちできたと思っております。感謝はしていますが、二度と余計なことはなさらないでください！」

本当は恐ろしかった。刀真の姿を見て、どれほどホッとしたかわからない。

だが、梨絵を商品……いや、お城の景品のように扱う刀真に、そんな弱みなどみせたくなかった。

「本段だけヒノキのベンチに替えたんだな」

刀真は桜の木の下に置かれたベンチに腰かけ、唐突に話を変える。

「え？　ええ、三年ほど前に」

「お堀沿いのベンチはポリエチレン製だったろう？　どうして揃《そろ》えなかったんだ？」

「それは……」

聞かなくてもわかるはずだ。天守閣との調和を考え、本段のみヒノキのベンチを設置した。だが、それ以外は青いポリエチレン製。ヒノキ一台分で三台買えるのだから、妥協も仕方がない。

梨絵が返事をせずにいると、刀真のほうが先に口を開いた。

「まあ、かなり年季が入っていたからな」

「ええ。背もたれが割れて、子供さんが怪我をするところでした。そんな事情もあって、急いで全部新調したのですけれど……。あの、どうして支配人がご存じなのですか？」

刀真がO市内の大学を卒業したことは知っている。祖母に育てられたというのだから、三歳のころから市内で暮らしていたのだろう。だが相楽邸は、暁月城から車で三十分ほど東にあった。

「この町の出身なら、最低でも二、三回は学校の行事で訪れるさ。それともこのお城は、お姫さまの許可なしでは見学もできないのかな?」

　真面目に話しているかと思えば、ふいに茶化し始める。そんな刀真の態度に、梨絵は眉をひそめた。

　黙り込んだ梨絵の表情など気にも留めず、刀真は立ち上がると低い城壁に手をかけた。内堀を見下ろしつつ、話を続ける。

「堀に浮かんでいたスワンボートに、いつか乗りたいと思っていた。でも、しだいにボートに乗る人も見かけなくなって……ボート小屋も撤去したんだな」

「わたくしが中学生のころには、もう営業していなかったと思います。撤去したのは五年ほど前ではないかと。ボートには幼稚園のころに乗りました。スワンではありませんでしたが……。でも、そんなに興味がおありなら、王国内で乗られてはいかがですか?」

「ああ、王国のスワンボートか。あれは、大学卒業前に私が頼んで入れてもらったんだ」

　その返事に梨絵は目を丸くする。

「そ、それは聞いておりませんでした。では、もうお乗りになられたのでしょうね」

「いや、いい歳をした男がひとりで乗るものじゃないだろう」

「支配人なら、一緒に乗ってくださる女性はたくさんいらっしゃると思いますけれど」

梨絵も内堀のほうを見ながら言う。

「ふーん、珍しいな、ヤキモチとは」

「まさか！　わたくしはただ……」

「今度フィアンセを誘って乗るとしよう」

「わたくしはスワンボートなんて」

「なら……二階堂でも誘うかな」

梨絵は返事に詰まった。

頬に刀真の視線を感じる。横を向けば、彼と目が合うかもしれない。彼は……梨絵にキスしてくるだろうか。そして梨絵の身体に触れ……。

（でも、こんなところで二階堂さんの名前を出されるなんて。いったい、何を考えておられるのかしら？）

キスして欲しいわけではない。でも、契約だから、求められたら応じなくては。

そんな気持ちで梨絵が刀真のほうを見た瞬間、彼はわざとらしく、城の天守閣に視線を向けた。

「最上階に昇ってみたいな。姫さまと一緒なら、休日でも追い返されたりはしないだろう？」

「ええ、王様のご希望とあらば、いつでもご案内いたしますわ！」

体よくかわされたようで、梨絵は仕返しのように刀真から離れ、さっさと天守閣に向かって歩き始めた。

「階段は急ですから、足もとに気をつけてくださいね」

「君より年上だが、足腰が弱るほどの年齢じゃない。それとも、私の身体が心配か？」

「馬鹿なことをおっしゃらないで」

今日はみやげ物屋と茶店もシャッターが下りている。入り口も無人で天守閣の中はしんとしていた。

ふたりきりだと思うと、どうも居心地が悪い。

天守閣は地上六階、地下一階の構造だった。三階までは比較的なだらかな階段だが、四階以上は急になり、最上階に上る階段はハシゴ段に近い。二階から四階に国宝を含む暁月城と九条家ゆかりの品が展示され、四階の一部には休憩スペースもあった。最上階の展望は素晴らしく、四隅に設置してある望遠鏡で、O市が隅々まで見渡せた。

天守閣の最上階は畳十七枚程度のスペースだ。今日に限っては貸し切りである。

梨絵は複雑な気持ちで、刀真と一緒に隣のチャイルド王国を見下ろしていた。

「こうしてみると、意外に遠く感じますね。王国入場門は」

「ああ、できる限り城から離したと聞いている」

「え？　それはどういう……」

刀真は梨絵の質問に淡々と答えた。

「うちが九条家の土地を購入したのは今から二十六年前になる。祖母が本社の経営権を握っていたときだ。祖母は暁月城ホテルだけでなく、王国の敷地にショッピング施設と高層マンションを建てる計画を立てていた——」

国道に面した場所にホテルの建設が計画され、それはすぐに認可が下りた。

だが、高層のショッピング施設とマンションの建設には待ったがかかった。市民団体が城の景観を損ねると、大反対したのだ。

当時は景気がよく、幸福屋グループもうなぎのぼりに業績を上げていた。ワンマン社長だった刀真の祖母・亜久里は、あちこちに金をばらまき、建設工事を強行するつもりだったという。

ところが、地域密着型の企業が市民団体を敵に回すのはまずいと、重役たちが尻込みを始めた。

そこに景気が一気に悪くなり、亜久里の計画は頓挫せざるを得なくなった。

「——だったら、市民も気軽に足を運べる、低年齢層を対象にしたテーマパークを作ろうという話になったらしい。雑木林はなるべく残して、駐車場を城の方角に作った。高い建物は夕日川に橋を渡して、すべて対岸に建てたんだ。ほら、高さ五〇メートルの大観覧車は、城から一番遠いだろう」

刀真が指差した方角に目をやる。

そこには、天守閣の倍はあろうかという大観覧車がそびえていた。たしかに、あんな大きな観覧車が真横にあれば、城の景観は損なわれただろう。

「あなたはどうですか？　そういった考えに賛成なのでしょうか？　それとも」

重役たちは市民団体の声を受け入れてくれたが、刀真自身はどうなのだろう。もし、祖母の亜久里と同じ考えであるなら。

梨絵はひとつの考えが浮かび、声が震える。

「まさか、王国を潰してマンションを建てるおつもりではありませんよね？　そのためにわたくしとの結婚を……」

「私があの祖母の考えを継ぐとでも？　冗談じゃない！」

刀真は目尻をつり上げ、声を荒らげる。

梨絵が驚きのあまり声を失うと、彼はすぐに表情を和らげた。

「ああ、すまない。いや、君も知っていると思うが、王国の入場者数はここ数年横ばい状態だ。よそのテーマパークに比べると業績は悪くないが、楽観できる数字でもない。それは暁月城の入城者数も同じだろう」

それは梨絵にもよくわかっていた。

王国と城の利用客はかなりの確率で連動している。万にひとつも王国がなくなれば、城の客足に影響がでることは疑いようがなかった。

「私もこの町で育った人間だ。城は市民の誇りだよ」

その言葉に、梨絵はまじまじと刀真を見た。

昨日とは違うスーツとネクタイだ。ダーク系の色を好むのか、濃いブルーかグレーのスーツばかり着ている。今日はミッドナイトブルーのスーツに、少し色の薄いストライプのネクタイ。休日だが、刀真には仕事があったに違いない。

ますます、梨絵に会いにきた理由がわからない。まさか本当に、処女かどうかを聞きにきたわけではないだろう。

「どうした？　私の顔に何かついてるのか？」

「い、いいえ。城が誇りだなんて……あなたの口から聞けるとは思いませんでした」

「別に普通のことだろう。それとも、私のことを極悪人とでも思っているのか？　姫を窮地から救った英雄のつもりなんだが」

さっきのことを言っているのか。それとも、お金のことか。

「九条の家を嫌われているのだと思っていました。ですから、わたくしのことも辱めたいのだ、と。昨夜といい、それに、チケット売り場でも」

すると、刀真はなぜかスッと横を向き、

「遊び慣れた女を装うからだ。初めてだから優しくしてくれ、と言えばよかったんだ」

彼の頬がほんのりと赤く見えた。

（ま、まさか、照れていらっしゃるの？　そんなこと、あり得ないわ。この人に限って）

梨絵は素直に、ごめんなさい、とは言えず。

「いえ……わたくしも充分に楽しみましたから、とくに優しくしてくださらなくても平気です」

なんて可愛げのないセリフだろう。梨絵は胸のうちで後悔する。しかし、慣れていない彼女にとって、男性に甘えることは非常に難しい。

刀真に背中を向けると、

「さぁ、ボランティアのかたが来られる時間です。そろそろ下りましょうか」

梨絵は階段に向かって歩きだす。

だが、それを阻むように、右手首をつかまれた。

「君を傷つけたのだとしたら、申し訳ないと思ったんだ。だが、楽しんだのならよかった」

刀真の瞳に今までとは違う色の光が浮かぶ。

「ちょうどいい。ここでも楽しまないか？」

「お待ちください。今からボランティアのかたが掃除に……」

梨絵の反論は一瞬で封じ込まれた。刀真の熱い吐息が彼女の言葉を奪ったからだ。

「城主にふさわしい場所だと思わないか？」

次の瞬間、梨絵は最上階の板の間に押し倒されていた。

刀真の舌が梨絵の口腔《こうこう》内を激しく蹂躙《じゅうりん》する。

その間にTシャツをたくし上げられ、白いブラジャーもずらされた。豊かな乳房がこぼれ落ち、刀真は形が変わるほど揉《も》みしだく。

刀真の唇から解放され、梨絵はようやく大きく息をついた。

片方の乳房を揉みながら、もう片方の先端を口に含む。ザラザラした舌の感触が繊細な場所を舐《な》めあげる。

むしゃぶりつくような刀真の愛撫《あいぶ》に梨絵は上半身をくねらせた。

「あ……いやぁ。お願いですから、やめてください。お城の中で、なんて」

「この下は城主の間だろう？　君のご先祖様も、こうやって楽しんだんじゃないのか？」

刀真の声からはわずかだが怒りを感じる。

「姫、君が言ったんだ。〝優しくしなくていい〟と。だったら、存分に楽しませてもらおう」

「それは、こんな場所では……お願い、せめてここから出て……あ、あああぁっ！」

ジーンズのボタンをはずされ、ファスナーを下ろされた。無造作にショーツの中に指を押し込まれる。

彼の指は花芯を的確にとらえ、梨絵を翻弄《ほんろう》した。

「なんだ。もう、グッショリじゃないか。ほら、見てみろ」

ショーツから指を抜き、刀真は梨絵の目の前にかざして見せる。

彼の二本の指は透明な液体で濡《ぬ》れそぼり……それを口元に近づけ、ペロリと舐《な》めた。

「ああ、いい味だ。君の甘酸っぱい味がする」

「や、やめて……言わないで」

「言われるのは恥ずかしいのか？　いいだろう……直接、味わうとしよう」

「待っ……ああっ」

止める間もなく、刀真は梨絵のヒップからショーツごとジーンズを脱がせた。

臀部《でんぶ》に冷たい風があたる。梨絵は天守閣の最上階で、自分があられもない姿にさせられたことを知った。

（こんな、こんな格好を誰かに見られたら……）

それは、お堀の近くで立ったまま挿入されたときより、はるかに恥ずかしい。

なんといっても昨夜はまだ辺りが暗かった。それが今は、明るい陽射しが梨絵の下半身に降り注いでいる。

「いやっ！　あぁん、見ないでっ」

左足からジーンズとショーツがはずされ、両足首を持たれて左右に開かされた。光は黒い茂みの奥まで射し込み、梨絵の秘所をキラキラときらめかせた。

刀真は指で花弁を押し広げ、

「なるほど、可愛いピンク色だ。私だけのモノだと思えば、可愛さもひとしおだな。昨夜もひと舐めでイッたんだ。さあ、試してみよう」

彼はゆっくりと梨絵の股間に顔を埋める。

梨絵の中に昨夜の感覚が広がった。生ぬるい舌の感触。それが生き物のように蠢《うごめ》き、梨絵の敏感な場所を這《は》いまわり……最後は強く吸われて、頭の中が真っ白になる。

（ああ、また、こんなふうになるなんて……）

梨絵は微妙に腰をくねらせて待つが、なかなか舌が触れない。

「あ……あの、刀真さま？」

「欲しいんだろう？　自分からねだってみろ」

「ねだるって……あの」

「決まってる。私の名前を呼んで——舐めてください。そう言うんだ」

梨絵は必死で首をふった。

「いやっ！　そんな……そんなこと、わたくしには言えません！」

刀真は梨絵の太ももに口づけた。

「はぁうっ！」

敏感になった梨絵の身体はビクンとはじける。それを何度も繰り返され、梨絵は前後に腰をゆすった。

「いやらしいお姫さまだ。ほら、こぼれ出したトロトロの液体がお尻に垂れて、天守閣の床を濡らしているぞ」

刀真の息が梨絵のクリトリスを撫《な》でた。もう、気が変になりそうだ。

「刀真さ……舐めて……ください。お願い……」

「いい子だ。イカせてやろう」

梨絵の目に、天井のはりが映った。同時に、左足の先にスニーカーが見え、右足には青いジーンズと白いショーツがぶら下がっていた。脚を大きく開かされ、やわらかな舌に花芯を囚われた瞬間——。

梨絵は下腹部を震わせながら、両手で口を押さえた。

全身が痺《しび》れて意識が朦朧《もうろう》とする。梨絵は自分の口走った言葉がショックで、現実から逃げるように夢の中を漂っていた。

そして気づいたときには、刀真の高ぶりが梨絵の体内に入り込んできて……。

「あ……刀真さま、これ以上は……はぁんっ！」

梨絵の中に抵抗する力は残っていなかった。

「上の口にくらべて、下の口は正直だ。すぐにヌルヌルになって、あっという間に私を飲み込んでしまう」

「いや、言わないでください……お願いですから」

昨夜の痛さが嘘のようだ。

まったく痛みがないわけではない。擦《こす》れる感覚にひりひりした痛みは感じる。それに、圧迫感は最初のときより強い。刀真の存在をより奥に感じる、といえばいいのか。

だが、胸の中に屈辱感を覚える痛みはなかった。

それはおそらく、目の前に刀真がいるせいだ。

昨夜は背後から挿入され、梨絵は怖くて堪《たま》らなかった。でも、今は違う。――緩めたネクタイ、第一ボタンをはずし、わずかに開いたシャツの襟首。そこから綺麗《きれい》な鎖骨が見え、首筋には汗が伝う。

自分を抱く刀真の姿をみつめるうち、梨絵はしだいに躰《からだ》の奥が熱くなる。

そのとき、梨絵の耳に複数の女性の笑い声が聞こえた。

「そっ……そんなに締めるな」

刀真は奥歯を嚙《か》みしめるように頰を歪める。

「声が、人の声が聞こえました。お願いですから、抜いてください」

梨絵は懇願するように言った。

(もう、すぐ下まで、来ているみたい。早く、服を整えないと)

ところが、刀真がとった行動は、

「仕方ないな。すぐに終わらせてやる――少しだけ我慢しろ」

「えっ⁉　あぁ……だめっ」

昨夜は顔がわからないくらい、あたりは暗かった。でも今は違う。チケット売り場のときと同じく、さっと離れてくれるはず。

そう思っていた梨絵は心底驚き、自分から身体を起こそうとした。

刀真はそんな彼女を押さえつけ、抽送のスピードを上げる。

「あ、あ、あ……とう、とうま……さま」

リズミカルに身体を揺らされ、梨絵の声も途切れ途切れになり――ふいに、階下から女性の笑い声が聞こえてきた。

刹那、刀真の口から呻《うめ》き声が漏れ、動きが止まった。

梨絵は体内に迸《ほとばし》る奔流を感じた。にわかに芽生えた快楽の波に攫《さら》われそうで、必死になって刀真に抱きつく。

実際にはほんの数十秒……だが、梨絵にとっては数十分にも思える、長い長い時間だった。

第七章　美しき姉

Ｏ市の駅前にそびえ立つ十九階建てのホテル。利便性も高く、利用客の多いホテルだ。しかし、そこは幸福屋グループの系列ではなかった。

その最上階にあるバーラウンジの通路を刀真は歩いていた。

ひとりの女性のうしろ姿をみつけ、ゆっくりと歩み寄る。

「悪い、待った？」

「三十分も遅刻よ。もう引き揚げるところだったわ」

フェイスラインに沿ってカットしたストレートのボブスタイル。ブラウンベージュの髪を右手でかきあげ、美しい女性が刀真に向かって微笑んだ。口を尖《とが》らせる仕草も計算されているかのように魅力的だった。

相楽奈子《なこ》、刀真の父親違いの姉で――彼にとって、ただひとりの家族。

刀真はテーブルを挟んで奈子の正面に座り、ほかの人間には見せない極上の笑みを浮かべる。

「悪かったよ。でも、引き揚げるって言ってもこの下のスイートだろう？」

「そうよ。悪い？」

「いや、どうせなら系列のホテルに泊まればいいのに」

県内トップクラスのサービスを提供する暁月城ホテルだけでなく、O市内にはビジネスホテルから観光ホテルまで様々なタイプの系列ホテルがあった。

重役である彼女が、すでに調査の終わった商売敵のホテルに泊まらなくても。というのが彼の正直な感想だ。

しかし、

「面倒じゃない。社長だか、支配人だかが挨拶にきて、必ず聞かれるでしょう？　ご実家にはお泊まりにならないのですか、ってね。――大きなお世話だわ」

奈子は大好きなトスカーナ産の赤ワインをグラスに注ぎ、琥珀《こはく》色のライトに照らして色合いを楽しみながら軽く笑う。

「……まあね」

「そういうあなたはあの屋敷に戻ったんですって？　どうしてまた」

「アイツは寝たきりだよ。部屋から出ることもないし、自力じゃベッドからも起き上がれない」

「だから？　世話ならちゃんと人を雇っているはずだわ」

不機嫌そうな声で言われ、刀真もテーブルに置かれたグラスに、自らワインを注いだ。

「ああ、昔からいる連中が全部やってくれてるさ。別に、僕が戻ったからといって、世話をしているわけじゃない」

刀真は軽めの赤ワインをひと口流し込み、ゆっくりと味わった。

「僕が言いたいのは……もう、誰にも邪魔されないってことだ。アイツは僕らになんの影響力も持たない。単なる〝死にぞこない〟だ」

ひどく渋いワインを飲んだかのように、刀真は口もとを歪《ゆが》めて言う。

奈子はそんな弟の表情に少し冷静さを取り戻したようだ。

「そう、ね。それで？　あなたはそれを証明したくて、電撃婚約なんてしたのかしら？」

「あ、いや、それは……」

「二週間前よね、婚約披露パーティは。私が戻るまで、待っていてくれてもよかったんじゃなくて」

あのパーティから、すでに二週間がすぎていた。

梨絵との仲は……。

「暁月城のお姫さま、ね。――あのひとは泣いて喜んだでしょうね。相楽の金で城主を買ったんですもの」

奈子の言葉に、刀真はムッとした顔をして答えた。

「とてもそうは思えないね。アイツは〝自分が〟手に入れたいんだ。〝僕が〟手に入れたと知れば、怒り狂うだろうな」

「まあ、ひょっとして、話してないの？」

「言っただろう。寝たきりの人間が知ってどうするんだ？」

奈子はウエイターを呼ぶと新しいワインをオーダーした。

「それで……本当に結婚するつもりなの？」

一段低いトーンで彼女は尋ねた。

祝いの言葉より質問が先に出るのだから、知らない人間が聞いたら、仲の悪い姉弟だと思うかもしれない。

「もちろんさ。式は九月を予定している。姉さんも出てくれるだろう？」

「刀真――あなた、あのひとに仕返しをしたいだけじゃないの？　もちろん、あなたの気持ちは知っているつもりよ。でも、彼女はどうかしら？」

刀真は姉の質問にはあえて触れず、

「そういえば同じ高校の出身だよね。面識はないんだろう？」

「ええ、十歳近くも離れていたら顔を合わすことなんてないわ。私が言いたいのはそんなことじゃないのよ。わかっているくせに……」

ウエイターは封を切ったワインのボトルを置き、一礼して去って行く。

ボトルを手にして、ふたりのグラスに注いだのは奈子だった。彼女はしばらく口を閉じていたが、やがて諦めたような顔つきで話し始める。

「私は……結婚はしないわ。一生、ね。それが正しいとは言わないけれど、人間には限界があると思うの。失ったすべてを取り戻すのはムリよ。ねぇ刀真、あなたもムリをしているんじゃ……」

「してない。──姉さん、僕が遅れた理由はわかる？」

「仕事、じゃないの？」

奈子の答えはもっともだ。これまで、刀真が仕事以上に優先したものなどなかったのだから。

「彼女と……梨絵と会ってたんだ。その、いろいろと、ね」

奈子は目を見開いた。

それは、常に自信満々に見える女性重役とは思えない表情だ。彼女は刀真の様子を探るように尋ねる。

「……刀真？　あなた……〝大丈夫〟なの？」

彼はそんな姉から視線をはずし、思わせぶりにワイングラスの縁をなぞった。

「僕の心配はもういい。姉さんは自分のことだけを本気で考えてくれ。本当に、一生ひとりでかまわないのか。でないと、来年あたり〝伯母さん〟になるかもしれないよ。そうなったら、焦《あせ》るんじゃないかな？」

顔を上げた刀真の目に、ライトアップされた暁月城が映った。

駅前からはかなり距離がある。地表からはビルが邪魔して見えないが、十九階の高さなら小さくてもハッキリと見えるのだ。

（梨絵は何をしているだろう……さっきはこれまでで一番積極的だった。彼女も思い出しているだろうか？）

今から一時間前——。

王国の従業員専用駐車場の一角。黒いジャガーが闇の中で揺れていた。フラッグシップモデルのスポーツタイプ、刀真の愛車だ。

狭い車内でふたりはこれ以上ないほど密着していた。

梨絵は屹立《きつりつ》する刀真の欲望にまたがり、甘い声で啼《な》きながら腰を揺する。

『おいおい、そんな慌てるなよ。まだ、時間はある』

『でも……これから約束があるっておっしゃるから……』

梨絵には、ホテルで女と会う約束がある、ということだけ伝えた。

『正直に言えよ。女と会って欲しくないって』

無言で抱きつく梨絵の腰を押さえ、

『言わないならここまでだ。あとは自分で慰めるんだな』

突き放すように言い、抜こうとした。

すると、梨絵は耳まで赤く染め、悔しそうに口を開く。

『ほかの女性と会わないでください。お願いですから……やめないで』

刀真は背筋がぞくぞくするのを感じた。

『ほんの二週間前まで男を知らなかったとは思えない身体だな。君にこんな素質があったとは……嬉《うれ》しい誤算だ』

誤算とは刀真自身のことでもある。しかもそれは、当初の予定から信じられないほどずれていたのだが。

そのとき、駐車場横の一般道に車が入ってきた。道路の奥は行き止まりで、住宅もない。おそらく、付近の道路事情を知らない人間が運転しているのだろう。案の定、刀真たちのいる駐車場に車を入れ、Uターンを始めた。

『あ、いや、ライトが……』

ジャガーの車内がUターンする車のライトに照らし出される。ふたりの行為が丸見えになると思ったのか、梨絵は小さな悲鳴をあげ、刀真の胸に顔を埋めた。

ほんの一瞬、Uターン車両の運転席に若い女性の顔を捉え……。

刀真は女性運転手の視線を感じた瞬間、思い切り腰を突き上げた。

『やぁ……あ、あ、あ、刀真さま』

抜き身の刃に襞《ひだ》が絡みつく。梨絵の軀は刀真を捕らえ、奥へ奥へといざなう。

刀真は目の前によぎる閃光《せんこう》とともに、全身を雷で貫かれたような衝撃を受けた。快楽の奔流が管を通り抜けていく。梨絵の体内に孔を穿《うが》つかのように、刀真は体液を噴出していた。ドクンドクンと脈打つように。そのリズムに合わせて、刀真は喘《あえ》ぐように腰を打ちつける。互いの秘部をこすり合わせ、まるで本能のように最後の一滴まで梨絵の中に注ぎ込んだ。

『ひどい……運転手のかたに見られてしまったかも』

『――黙れ』

唾液を絡め合う長いキスで、刀真は梨絵の反論を封じたのだった。


「いいえ……反対なんてしないわ」

奈子の声にハッと我に返る。

ほんのわずかな時間だが、刀真は姉の存在を忘れていた。彼女のほうはそんな刀真をずっと見ていたらしい。

奈子は目を伏せると、首を横に振りながら言った。

「あなたたちが愛し合っているなら、反対する理由がないもの。……そうでしょう？　私が望んでるのは、あなたの幸せだけよ」

奈子はワイングラスを持ち上げ、

「婚約おめでとう」

そう口にした。

☆★☆

「愛し合っている、か」

刀真は姉をホテルの部屋まで送り、地下の駐車場まで下りてきた。コンクリートに書かれた数字を見ながら、薄暗い駐車場の通路を歩く。

無意識に、姉に言われた言葉が口をついて出た。

嘘《うそ》は言っていない。梨絵とはすでに身体の関係があり、妊娠させていてもおかしくない状況だ。

だが……。

姉が相楽の家を出たのは、刀真が中学一年のときだった。二月に高校の卒業式を終え、姉はその足でO市からも出て行った。

世間で知られている理由は、祖母の亜久里に大学進学を反対されて、というものだ。

たしかに、姉が東京の大学に進学したいという希望を、祖母は却下した。それが本当の理由でないことは、祖母と姉弟、そして相楽家で働くものだけが知っている。

(……姉さんが逃げ出してから、もう、十五年が経つのに……)

姉は東京で働き、自力で大学を卒業した。そして、刀真を迎えにきてくれたのが八年前のこと。祖母が脳溢血《のういっけつ》で倒れたのは、そのすぐあとだった。

(一生結婚はしない、なんて――すべて、アイツのせいだ)

刀真は心の中で姉の言葉を繰り返した。

たくさんのボーイフレンドを作り、気ままな独身生活を謳歌《おうか》しているようにみえる奈子だが、本質は刀真と同じなのだ、と。

〝幸福屋のワンマン女社長〟〝相楽の山姥《やまんば》〟。

そんな呼び名をつけられた亜久里は、彼女を取り巻く人々の人生を狂わせた。

小さな商店の娘だった亜久里は、十代のころに父親が商売の手を広げ、社長令嬢と呼ばれるようになった。女学校では評判の美少女で、築城祭では何度も姫役を務め、お城の若様によくお似合いだと噂《うわさ》されたらしい。

当時の若様とは梨絵の亡くなった祖父、連太郎のことをいう。だが、彼は亜久里が女学校を卒業したすぐあと、奉公人の娘と結婚した。

学歴もなく親もいない、おまけに大して美しくもない娘を連太郎は妻に選んだ。

のちに、売りに出された九条家の土地を買い占めたのは、プライドを傷つけられた亜久里の仕返しのようなものだ。

そんな亜久里も二十歳で結婚。

しかし、夫は五年足らずで妻子を捨て、女と逃げた。

だが、執念深い亜久里が、夫と愛人を許すはずがない。ふたりを執拗《しつよう》に追いつめ、多額の慰謝料を請求し、ついに、亜久里は夫を取り返したのだ。飼い殺しとなった夫は心を患い、うつ病から拒食症になり、四十歳の若さで亡くなった。

とはいえ、真実を知らない世間から見れば、状況はだいぶ違う。

放蕩者《ほうとうもの》の夫に苦労しながら、家と会社を守り、ひとり娘を育てあげた立派な女性。それが亜久里の評価だった。

苦労続きの半生を雑誌のインタビューで自慢げに語っていた亜久里の顔を思い出し、刀真は吐き気を覚えた。

奈子が系列ホテルに泊まりたがらない気持ちもよくわかる。

夫に裏切られた気の毒な女性。その上、ふしだらな娘の尻ぬぐいをして、八歳と三歳の幼子を引き取り育てた。恵まれない家庭環境の中、たったひとりで幸福屋グループの屋台骨を支えてきたのだ。気丈でないとできなかったことだろう。

世間の人はそんなふうに亜久里のことを噂《うわさ》した。

苦労させられた挙げ句、刀真が成人した直後に病気で身体が不自由になったのだ。ふたりの孫が祖母の世話をして当然ではないか、と。

(赤の他人は気楽なものだ。あの山姥に感謝しろと平気で言いやがる！　アイツが母さんを殺したんだぞ。そして、僕らを……)

「クソッ！」

刀真はジャガーのドアを乱暴に開け、運転席に乗り込んだ。

その瞬間、彼は梨絵の残り香を感じ、クラッとする。

『刀真さまは、車の中がお好きなのですか？』

そう尋ねられたとき、心臓を鷲《わし》づかみにされた気分だった。

梨絵がチカンに襲われて以降、さすがに勤務中と城の周辺は控えている。その分、梨絵を抱く場所はこの車の中がほとんどだ。

『刀真さま……お願いです、もっと』

掠《かす》れる声で梨絵は刀真にねだり、深く繋《つな》がろうとする。それは、刀真が初めての相手だとは思えない反応だ。だが間違いなく、梨絵は無垢《むく》だった。

そうとわかったときの驚きは、短い言葉ではとても言い表せない。翌日は仕事も手につかず、迷惑がられるのを承知で会いに行ったくらいだ。

梨絵は信じなかったが、刀真はただ、彼女に会いたいがために暁月城を訪ねた。

（しかし、まったく覚えていないとは……。いや、気づいていないだけか。それでもいい。……そのほうがいい）

奈子はおそらく気づいている、刀真の言葉に偽りが含まれていることに。

だがそれは、刀真自身にも判断できなかった。どこまでが本物で、どこからが奈子の言う『ムリ』なのか。

刀真が梨絵を求める欲望は果てしない。

だが、彼女の刀真に対する期待は金だけ……。

それで充分だと思ってきた。

（もし、梨絵が僕に恋をしたら？　金ではなく、梨絵から愛情を求められたら？）

亜久里は思いどおりにならない夫に対する不満を、ひとり娘の清美に向けた。そして、自分から逃げた清美と奈子に対する怒りを、手もとに残った刀真にぶつけたのだ。

（僕は金以外には梨絵の期待に応えることはできない……きっとそれが『ムリ』なんだ）

刀真はエンジンもかけず、ハンドルに突っ伏した。

彼の肩が小さく震える。悔しさや憎しみ、様々な感情が浮かび上がり、刀真の胸をジリジリと焦《こ》がすのだった。

第八章　嫉妬

『さあ、みんなでお礼を言おうね～どうもありがとう、魔法の戦士ブラックナイト！』

そんな司会の声に合わせて、ヒーローショーを見ていた子供たちが一斉に叫んだ。

『ありがとぉ～～～』

梨絵は客席の最後方に立ち、無言で手を振りながら去って行くヒーローを拍手で見送った。

「お疲れ～」

ヒーローショーで司会をやっていた女性が手を振りながら梨絵に近づいてくる。

「お疲れさまでした。夏休みに入ったら回数が増えますけれど、よろしくお願いしますね」

「いえいえこちらこそ、お呼びいただき光栄です。これからも、ぜひ当社とこの渡辺をご指名くださいませ。相楽社長のご婚約者さま」

梨絵の親友、渡辺卯月はおどけて言った。

彼女はイベント会社の社員で司会を担当している。細身で一七〇センチを超える長身。学生時代からずっとボーイッシュなショートカットだ。

「もう、卯月さんたら。ちゃんとお話しするつもりでしたのに……」

「ああ、はいはい。私が——おたくの支配人ってヘンタイじゃない？　とか言ったせいよね」

「ヘン……そこまではおっしゃらなかった気がしますけれど。でも、その支配人と結婚することになりました、とは言えなくて。あのあとすぐ、卯月さんはイベントで九州に行かれたでしょう？」

さすがに婚約がテレビで放送されたのはこの地方だけ、全国区で話題になるほどの有名人ではない。

そのため、卯月が知ったのは先週O市に戻ってきてからだった。

「でも、さ。あっちのほうは踏ん切りついたわけ？　かなり長いこと片思いしてきたんじゃなかったっけ？」

「え？　ああ……そうですね。まあ」

梨絵は曖昧《あいまい》にごまかした。

学生時代、卯月にだけは梨絵が桂介に淡い恋心を抱いていることを話したことがある。そのせいで、この電撃婚約には裏の事情があるのではないか、と怪しんでいるらしい。

「やっぱり、お城の相続問題が絡んでるの？　手放しちゃってもいいんじゃない？　おじいさんだってさ、そう思って相続にあんな条件つけたんだと思うよ」

「それは、もちろんわかっております。法人化することに、反対しているわけではないのです。ただ……」

梨絵は祖母のことは口にできなかった。

もし言えば、卯月は反対するだろう。両親も、それに祖母自身が悲しむことはわかっている。祖母は決して、孫の幸福を犠牲にしてまで城主館に残りたい、とは言っていないのだから。

だが梨絵の中には消すことのできない城主としての思いがあった。

それは祖父から受け継いだ思い。十三代、四〇〇年の重み――。

「困っているわたくしを見かねて、支配人はプロポーズしてくださったの。その……刀真さまは、とても素敵なかただし」

ふたりで王国内を歩きながら、梨絵は卯月より二、三歩前に進み、そんな言葉を口にした。

「ふーん。まぁ、梨絵がいいなら反対はしないけど。でも、前も言ったとおり、いろんな噂《うわさ》のある人だから……。どう？　そっちのほうは妙な気配とかないの？」

「妙な気配……ですか？」

梨絵が立ち止まり振り返ると、卯月が小走りに近づいてきて、声をひそめて言った。

「だから……オトコの恋人がいて、結婚は隠れみの、とかさ。それとも女王様が好み、とか……ロウソクやハイヒールを手に迫られても嫌よねぇ。ひょっとして、そういうことって〝まだ〟なんじゃないの？　だったら要注意よ！　結婚してから、実はオトコしか抱けないんだ――とか言われたら最悪じゃない」

卯月の想像力に梨絵は苦笑しつつ、

「そういった心配でしたら……その、必要ない、と思います。えっと……〝まだ〟ではないので」

小さな声で視線を逸らせながら答えた。

卯月の顔は一気に明るくなる。

「へえええぇ。ついに梨絵も経験しちゃったわけね。どうだった？　セックスってスポーツと変わんないでしょ？」

「ス、スポーツとは思いませんけれど……体力は必要かと」

梨絵は頬を赤く染めて、恥じらいながら口にする。すると、卯月は梨絵の背中をバンバンと叩いた。

「よかった、よかった。そういうことならOKよ。そっかー、相楽の美形社長はノーマルだったのかぁ。あのルックスなら相当の経験は積んできてるわよね？　テクニシャン？」

「わ、わたくしにそんなこと、わかるはずがないでしょう!?　あ、いえ、でも……ヘタというわけでは」

思わず正直に答えながら、梨絵の声はどんどん小さくなっていく。

卯月は「なーんだ、うらやましいなぁ」と大きな声で言った。

そんな卯月を見る梨絵の瞳に、ほんのわずか不安の色が浮かんでいた。

婚約を発表してから二週間あまり、刀真は三日にあげず梨絵を抱いた。何度かホテルにも泊まったが、ベッドの上では一度も最後まで抱いてはくれない。刀真が挿入するのは、決まって屋外か車の中ばかり。

一昨日の夜もそうだ。

刀真に誘われ、彼の車の中でセックスに応じた。彼は絶妙の愛撫《あいぶ》で梨絵を高みへといざなってくれる。場所はともかく、内容に不満はない。でも、誰かに見られるのでは、という不安がつきまとう。

――女性は心と身体を引き離せない。

梨絵はそんな言葉を思い出していた。彼女自身、身体を許した相手に心まで許してしまった。

(刀真さまに惹かれている。いいえ、きっともう、恋していると思う。会えないのが寂しい、少しでいいから顔が見たい……声が聞きたい。たった二週間で……違うわ、きっと四月に初めてお会いしたときから、わたくしは)

だが刀真が欲しいのは、彼の思いどおりに動くオモチャ、それだけなのだ。

刀真は梨絵の愛情など微塵《みじん》も望んではいない。その証拠に、彼は人に見られるような場所をわざと選んでいる。まるで梨絵の反応を楽しむかのように。

だがさすがに、梨絵の家族に見られることを案じたのか、城の中で抱くようなことはしなくなった。

卯月の言うように〝ヤバイ性癖〟とか〝ヘンタイ〟とまでは言わないが、刀真は明らかに、梨絵を困らせて喜んでいる。


「――そう思わない？　ねぇ、梨絵？」

「えっ……えっと、ごめんなさい、ボーッとしてて」

「いやあね、新婚ボケには早いわよ。だから、あなたの婚約者よ。私ね、ずいぶん昔にどこかで見た記憶があるんだけど……どうも思い出せなくて」

「それは、刀真さまも市内のご出身ですし、どこかでお会いしていても不思議ではないと思いますけれど」

梨絵は軽く返事をした。

だが、卯月はどうも気になるようだ。

「それはそうなんだけど。うーん、どこだったかなぁ。あんな美形、忘れるはずないんだけどなぁ」

そんな話をしながら、ふたりは王国入場門に到着した。

事務棟に足を踏み入れながら、

「それより、晩ごはんはどこに食べに行きましょうか？」

笑顔で話しかけた梨絵に卯月が答えようとした瞬間だった。

「ずいぶんごゆっくりね、九条さん。支配人と婚約したからっていい加減なことをされたら困るんだけど」

険を含んだ声で萌花が嚙《か》みついてきた。

「今日は三時で仕事をあがらせていただけるよう、荒瀬《あらせ》室長の許可はいただいております。――失礼します」

梨絵は萌花に背を向け、そのままロッカールームまで行こうとした。

「あたしじゃないわ。お客様があなたを待っていらっしゃるのよ。早くきてちょうだい」

萌花はいじわるそうな笑みを作ると「事務室じゃなくて、上の支配人室にね」そう付け足した。


今日、刀真は本社の仕事で市外に出ている。夕方には戻る予定だが、王国に立ち寄るかどうかは不明だ。

本来、無人のはずの支配人室を梨絵はノックした。

「――どうぞ」

聞きなれない女性の声だ。「失礼いたします」と梨絵が中に入ると、そこには萌花がいて、客にお茶のお代わりを差し出すところだった。

「九条です……失礼ですが」

「ああ、私はこの辺にはめったに来ないから。相楽奈子です。私の名前はご存じ？」

梨絵は、やっぱり、と心の中で思った。

奈子は刀真にそっくりだ。完璧とタイトルがつきそうな整った容姿も、その美貌を包み込む冷ややかな印象も……ただ、女性であるぶん、刀真よりも艶やかさを感じる。

「はい、もちろん、お名前は存じております。ご挨拶が遅れまして申し訳ございません」

親会社の女性役員として、面識はなくても彼女の名前を知らない社員はいないだろう。

そして刀真からは、姉に婚約を報告するため、近々席を設けると聞かされたばかりだった。

「事務棟に戻るのが遅くなり、お待たせしてしまいました。心よりお詫《わ》び申し上げます」

「いいえ、気になさらないで。おかげでこちらの二階堂さんから、いろいろとお話を聞かせていただけたわ」

その瞬間、梨絵は奈子がこの結婚に反対なのだ、と悟る。

「そうですか。お聞きになったのが、よいお話だといいのですけれど」

ちらっと視線を向けたとき、萌花の勝ち誇ったような顔が気になった。

「この二ヵ月ほど日本を離れていて、帰国して初めて刀真の婚約を知りました。こんな大事なこと、相談もなしに決めてしまうなんて……。あの子もどうかしているわ」

「報告が遅れてしまったことは、大変申し訳なく思っております」

「私は回りくどいのが嫌いなの。単刀直入に言うけれど、あなたは相続税を払ってくれる相手と結婚したかったのよね？　ああ、言い訳は結構よ。おめでたい人たちは、お姫さまとの縁談を喜んでいるようだけれど、市民の誰もがわかっていることだもの。お金に困った九条家が、姫さまごと暁月城を相楽に売った、とね」

わずかだが梨絵の眉間にシワが寄った。こんなプライベートな話を萌花の前でしなければならないことに、苛立ちを感じる。

「……結果的に、そうなってしまったことは否定いたしません。ですが――」

「なら、刀真があなたに渡したお金は返さなくて結構よ。それで、あの子との婚約を解消してちょうだい。あなたにとって悪い取引ではないでしょう？」

アイスブルーのパンツスーツに包まれた長い脚を組みなおし、奈子は無表情に婚約解消を迫った。

なんという傲慢《ごうまん》な女性なのだろう。梨絵の目には〝相楽の山姥《やまんば》〟と呼ばれる刀真の祖母と、奈子の姿が重なった。

「どんな事情であれ、結婚は……わたくしたちがふたりで決めたことです。解消するとしても、ふたりで決めたいと思っています」

「どうしてなの？　あなたには恋人がいるのでしょう？　だったら心置きなく、その男性と結婚なさいな。お金を恵まれるようで嫌なのかしら？　じゃあ、寄付させていただくわ。城主があなたのように若く美しい女性だと宣伝にも有利だし。暁月城にスポットが当たるということは、O市の観光産業の半分を占める我が社にとってもプラスですもの」

恋人とは桂介のことに違いない。この短い時間に、萌花が奈子に話したのだろう。

萌花が『姫さま』と呼ばれる梨絵を嫌っているのは昔からだ。でも、今になって執拗《しつよう》に梨絵を貶《おとし》めようとするのは、刀真への未練以外に考えられない。

(刀真さまも悪いのだわ。送っていったりされるから……)

刀真の前でくだを巻いたときは『酔ってしまって覚えていない』と言い訳していた。だが、あのときの萌花の目つきは、したたかに酔った人間の目ではなかった。

梨絵は深呼吸をすると、

「それはこちらの二階堂さんからお聞きになったお話でしょうか？　二階堂さんは何か誤解なさっておいでのようです。それをお姉さまにお伝えしてしまったのでしょう。わたくしに恋人などおりませんし、それは刀真さまもよくご存じのことです」

あとから思えば……そこでやめておけばよかったのだ。

だが、このときの梨絵は止まらなかった。

「余計なことかもしれませんが、こういったことに口を挟まれるのはいかがなものでしょう？　刀真さまは未成年ではありませんし。そういえば、先代社長もご自分の思いどおりになさりたいかただとか。お姉さまもそうお思いなのでしょうか？　ですが、わたくしはどなたの言いなりにもなりませんので、お引取りくだ――」

そこまで言ったとき、冷たく取り澄ましていた奈子の表情が一変し、いきなり立ち上がった。

彼女は卯月と同じくらい背が高い。とくに今はハイヒールを履いているので、刀真と変わらない高さだ。

そんな高さから怒りのまなざしで見下ろされ、梨絵は圧倒されて言葉を失う。

「よくわかったわ。あの子を説得するとしましょう。――私はあなたのような、気位の高い金目当ての女に、弟を食いものにされたくないだけよ！」

さっと踵《きびす》を返し、奈子は梨絵の前から立ち去った。

☆　★　☆

梨絵は言いようのない疲労感に襲われた。

とても外食する気になれず、卯月との約束をキャンセルして帰宅したのだった。

『何それ⁉　すっごいブラコン姉貴ね。姑《しゅうとめ》がいなくてラッキーって思ってたのに、予期せぬ小姑の登場じゃない』

楽観的な卯月はそんなふうに笑っていたが、梨絵にはとても笑えない。

相楽家の親族たちは、暁月城の城主である梨絵を喜んで迎えてくれた。愛情あふれる結婚とまでは思われなくても、体面上だけでも、奈子にも刀真の妻にふさわしいと言ってもらえる、そう信じていたのだ。

それが……。

今日は卯月とじっくり語り合おうと思っていたため、自宅に戻っても梨絵は手持ちぶさたですることがない。

母たちの仕事でも手伝おう。そう思って本段まで上がったのだった。

土曜日というだけあり、天守閣にはそこそこの入城者がいた。茶店も外まで人が並んでいる。天守閣に上がれるのは五時までだが、そこから出てきた人のために茶店は五時半まで営業していた。

お手伝いはあとにして、たまには茶店で人気のピーチジュースでも飲もうか、と考えたとき、

「梨絵ちゃん！」

声をかけてきたのは桂介だった。

ごくシンプルな短髪にメガネをかけ、ポロシャツにジーンズというのいつもの格好だ。学会で出かけるとき以外はスーツ姿など見たこともない。着やすくて清潔なら問題はない、というタイプの男性だった。

「桂介先生。今日もボランティアですか？　どうもありがとうございます」

「いや、いつものことだからね。でも、今日は土曜だよ。梨絵ちゃんが五時前にいるなんて、珍しいじゃないか」

それもそうだろう。隣のチャイルド王国に就職して以降、土日に帰ってくるのは早くて七時だ。

桂介に誘われ、ふたりはヒノキ製のベンチに並んで座った。

「あ、ひょっとして、とうとう寿退社かな？」

「違いますよ、先生。今日は卯月さんと約束していたのですけれど……ちょっと、いろいろとございまして」

卯月も一緒に勉強をみてもらったことがあるので、桂介とは知り合いだ。

「そうか……。いろんな噂は聞いてるけど、パーティに出席した大学の学長は、美男美女のいいカップルだった、と言っていたよ。さっき志乃おばあちゃんに会ったら、とっても嬉《うれ》しそうだったし、僕も嬉しいよ」

そうなのだ。奈子の言ったような噂は、ふたりを知らない人間の流した噂にすぎない。

パーティに出席した人たちや王国の従業員たちは、刀真と梨絵の親密さを知っている。

これまで週に二、三日しか王国を訪れなかった支配人が、梨絵と婚約してから、ほぼ毎日顔を出しているのだ。その目的は誰の目にも明らかだった。

（刀真さまの目的は、正確にいえばちょっと違うのだれど……）

梨絵が唇を嚙《か》みしめてうつむくと、桂介はさりげなく話題を逸らしてくれた。

「そうだ。これはナイショなんだけど、来年あたり、准教授になれそうなんだ」

「まあ！　桂介先生。おめでとうございます！」

「いやいや、まだ本決まりじゃないんだ。だから、お祝いは本当に昇進したあとでいいよ」

「でも准教授になれたら、先生のご両親にもようやく認めていただけますね」

桂介の実家は隣の県にあるという。詳しくは知らないが、城郭研究という父親とはまったく畑違いの仕事を選んだ彼を、両親は認めていないと聞いた。

大学教授の席というのは数が限られている。向学心だけでは研究室に残ることも難しく、昇進には〝根回し〟といった政治力も必要らしい。大学になんのコネもなく、貧しさを苦にせずコツコツと研究に励む桂介を、梨絵の家族はずっと応援してきた。彼の昇進は身内が認められたように嬉しい。

だが本当の身内にすれば、そう簡単にはいかないようで、

「どうかな……頑固な人たちだからね」

桂介は遠い目をしながら、静かに微笑んだ。

話が発掘中の御殿跡のことになると、桂介は夢中になって話し始める。

梨絵もうなずきながら、感慨にひたっていた。

(桂介先生の話を聞くだけでドキドキしていたころもあったのに……なぜかしら、今は退屈に思えるなんて)

目の前にいる桂介より、梨絵の胸に浮かぶのは刀真のことばかり。

奈子は刀真を説得する、と言った。彼は、姉の言いなりになるのだろうか。もしそうなら、それだけの男性だったと諦めればいい。そう思いながらも、自分を選んでくれること

を梨絵は願っていた。

　向き合って話しているだけで、刀真の瞳は熱を帯びてくる。自分に向かう欲望を梨絵はたしかに感じていた。それが結婚の理由でもいい。それでも刀真に選ばれたい。

（キスも身体を許すのも、今となっては刀真さましか考えられない。同じことを桂介先生と、なんて……いやだわ、わたくしったら）

　はしたない想像に、梨絵はクスッと笑った。

「あれ？　僕、ヘンなことを言ったかな？」

「いいえ、ごめんなさい。先生のお話を中断してしまって」

「梨絵ちゃんは本当にキレイになったね。お転婆で内堀に落ちかけた女の子にはとても見えないな」

「桂介先生！　そのことはもう……」

　梨絵は慌てて言う。

　それは桂介に家庭教師をしてもらっていた小学六年のときのこと。

　クリスマス間近の寒い日、中学の一次試験合格を知り、梨絵は喜び勇んで本段にいる桂介に報告しようとした。

　梨絵が受験したS女子中学校は非常にレベルが高い。加えて、暁月城の名前を背負う梨絵は小学生には不相応なプレッシャーを感じていた。それだけに喜びもひとしおだったように思う。

ところが何を思ったのか、正門を通る正規の道順ではなく、行き止まりの柵を越えて内堀の横を抜けようとしたのだ。急ぐあまり、近道になる裏の階段に回ろうと考えたのだろうが……。

浮かれて魔がさしたとしか思えない。

梨絵は湿った草で足をすべらせ、内堀にまっさかさまに落ちそうになった。必死で木の根元や草につかまりよじ登ろうとするが、ズルズル落ちる一方で……。

助けを呼ぼうにも、あのときは掠《かす》れたような声しか出なかった。

そんな彼女を助けてくれたのは、城のスケッチに来ていた地元の男子高校生。彼の声で大人たちも気がつき、みんなで梨絵を引き上げてくれた。

「あのときはおじいさまにも叱られて、本当に反省しております」

「ああ、ゴメンゴメン。でもそんな梨絵ちゃんも、とうとう〝お嫁さん〟か。これからは梨絵さんと呼ぶべきかな」

「桂介先生……」

ふたりがほんの少しみつめあった直後、「池田先生、お願いします」同じ研究室の学生が桂介を呼んだ。

「それじゃ」

「結婚式にはぜひ出席してくださいね」

「もちろん、喜んで！」

桂介は立ち上がると、手を振りながら駆けて行った。

桂介の顔を見るとどこかホッとする。梨絵の中で彼は〝恋する男性〟ではなく、両親と同じで家族に近い人間になってしまったのかもしれない。

見るともなく桂介のうしろ姿を見送り、梨絵も立ち上がったそのとき——。

「仕事を早退してデートとはな。私も馬鹿にされたものだ！」

憤りを露《あら》わにして刀真がすぐ近くに立っていた。

第九章　視淫

『姉が妙な気を回したようだが……誰がなんと言おうと、君は私のモノだ！　逃げられると思うなよ、お姫さま』

そんな言葉をぶつけられ、梨絵が連れてこられたのは、O市の東の端にある相楽家のお屋敷だった。

蔦の絡まったコンクリートの高い塀が続き、赤レンガの門柱にブロンズ製の門扉。そこを通り抜けると石畳の通路が母屋まで繋がっていた。庭は庭園というより、林に近い。鬱《うっ》蒼《そう》と木が生い茂り、石畳をトンネルのように覆い隠していた。

「こ、ここが……相楽のお屋敷？」

梨絵は母屋の建物を見た瞬間、驚きの声をあげた。

刀真の祖母が明治時代に造られた建物を買い取った、と噂《うわさ》で聞いていたからだ。この辺りは市街地から離れており、近くに山林や農地も多い。てっきり、この地域の名主が住んでいたような純和風の家屋を買い取り、改築したのだろうと、そんなふうに思い込んでいた。

　だが、視界が開けたとき、梨絵の目に飛び込んできたのは白いタイル貼り、三階建ての洋館だった。

「ああ。市の中心部にあったらしい。その土地を買い占めたときに、祖母が移築したと聞いている」

「それは……ずいぶん、ハイカラなご趣味のおばあさまなのですね」

　すると、刀真は顔を曇《くも》らせて、

「本当はヨーロッパの古城を買いたかったと聞いたな。おそらくは地下の拷問道具ごと。たいした趣味だよ」

　その辛辣な響きに梨絵は言葉もない。

「さあ、ようこそ、相楽邸へ。最初で最後の訪問だ。ゆっくりしていってくれ」

　それは梨絵が買われた花嫁で、この屋敷の女主人になるわけではない、という皮肉なのだろうか。それとも、刀真自身が相楽の名前を捨てるという決意の表れか。梨絵は無言で差し出された手を取り、ジャガーから降りた。

　どっしりとした角柱で支えられた車寄せをくぐり、ローマ神殿風の玄関の扉が開く。

　そこにはベルベットのような光沢のある赤い絨毯《じゅうたん》が正面の階段まで直線状に敷かれていた。

　階段下には十人程度の使用人が並んでいる。

「おかえりなさいませ、刀真さま。……そちらのお嬢さまが」

使用人たちの一歩前に立つ年配の男性が刀真に声をかけた。

刀真は小さな声で、「執事の落合《おちあい》だ。祖母がこの屋敷を買ったときから、三十年以上勤めている」そう教えてくれた。

「彼女が私の婚約者、暁月城の姫さまだよ。一度くらい会わせておこうと思ってね」

「は、はあ、しかし……奥さまは」

「検査結果は問題ないと聞いた。だったら、私の婚約くらいで驚いたりはしないだろう」

「それはそうでございますが」

白髪でメガネをかけた小柄な紳士と目が合った。すると彼は笑みを浮かべ、丁寧に会釈をして、

「ご婚約おめでとうございます。刀真さまのご結婚が決まり、私どもも非常に嬉《うれ》しく思っております」

「それはどうも、ありがとうございます。ご挨拶が遅れてしまって、おばあさまのご気分を害してしまったのでしょうか？」

「いえ……それは、決してそのようなことでは……」

梨絵の問いに、落合は言葉を濁した。

それは、落合のうしろに控えているほかの使用人たちも同じだ。梨絵たちからいちばん遠くにいるのが、土のついたガーデングローブを腰に下げた男性。おそらく庭師だろう。

男性は落合と彼のふたりきりだった。ほかはすべて白いエプロンをつけた女性たちばかり。全員が六十代以上に見える。

　すると、女性の中のひとりが梨絵のほうに歩み寄った。

「わたくしは家政婦頭の泉《いずみ》あつ子《こ》と申します。お城からですとお時間がかかったでしょう。お茶を用意させていただきますので、どうぞこちらへ」

　梨絵の祖母、志乃とそう変わらないであろう歳の女性に優しく言われ、梨絵はついて行こうとするが、

「いや、あつ子さん、お茶はあとでいい。先に祖母に会わせよう」

「でも、坊ちゃま……あ、いえ、刀真さま」

「君もそれでいいね？」

　押し付けるような刀真の声に、選択の余地はなさそうだ。

「それはかまいません。でも、ご挨拶に伺うなら、ちゃんとした服装でなくてもよかったのでしょうか？　こんな普段着で、おばあさまに叱られませんか？」

　梨絵は通勤用のスーツから、動きやすいストレッチジャージ素材のマキシ丈ワンピースに着替えていた。エスニック調のプリント柄で、珍しく胸元が開いている。ボレロでも羽織ってくればよかったのだが、あのときの刀真は、とてもそんなことが言えるような状態ではなかった。

「いや……きっと、何を着ていても同じだろう」

「え？　それはどういう」

「刀真さまっ！」

梨絵の質問を遮《さえぎ》ったのは家政婦頭のあつ子だった。

「どうか……どうか穏便にお願いいたします。奥さまはもう、どなたに干渉されることもありません。私どもは、刀真さまと奈子さまのお幸せを、ただただ願っております」

あつ子は祈るように刀真をみつめた。ほかの使用人たちも同じ目をしている。

梨絵はその異様なムードに息を呑むだけだった。


刀真に案内され階段をゆっくり上がる。

年代ものの洋館とはいえ、怪奇的なムードは一切ない。玄関から階段の踊り場までは吹き抜けで、光をふんだんに取り入れた設計になっていた。

一階に比べると、二階の廊下は少し狭い。だが、車イスでも楽に通れるぐらいのスペースはありそうだ。

「そこ、段差に気をつけて」

刀真に注意され、梨絵は足もとを見る。

二センチほどではあるが、そこには段差があった。

「バリアフリーではないのですね。おばあさまがご不自由ではありませんか？」

「そんな気遣いは無用だ。風呂は室内にあるし、主治医が往診してくれる」

「でも、お庭を散歩されることくらいあるのでしょう？」

「不自由な身体を人目に晒《さら》すのは嫌なんだそうだ。自分は永遠に完璧だと思っている人だからな」

そんな冷たく刺々しい言葉を口にしながら、刀真は悲しそうに笑った。

亜久里の部屋をノックし、返事を待たずに刀真は扉を開け中に入った。すぐあとに梨絵も足を踏み入れる。

「刀真！　いったいなんです、その女は⁉」

突然、大きなベッドの上から金切り声が聞こえた。

その声の主、相楽亜久里の姿を目にして梨絵は絶句する。

白髪はきれいに結い上げてあったが、痩せて頬はこけ、つり上がった大きな目だけが異様に目立っていた。亜久里は志乃よりも若いはずだ。それなのに、まるで百歳近い老婆に思える。

志乃も夫を亡くし、しばらく寝込んだ。しかし、城主館に住み続けられるとわかり、すぐに元気を取り戻した。今はひとり……いや、夫の思い出とともに天守閣の最上階にのぼり、夕日川を眺めることが日課である。

そんな志乃に比べて、亜久里の衰え具合はどういうことだろう。よほど苦労してきたのか、それとも、病気のせいだろうか。

梨絵は黙って刀真が紹介してくれるのを待つ。

「九条梨絵さん、暁月城の新しい城主さまだ。そして、僕の婚約者でもある」

「なっ……なんという愚かなことを！　お前は結婚するというのですか？　それもこんな女と！」

「失礼なことを言わないでくれ。あんただってその昔、先代城主の花嫁になりたかったんだろう？　孫同士が結婚するんだ。喜んでくれよ」

それは紹介というより挑発だった。

梨絵に対する態度と、支配人または幸福屋の後継者としての態度。それを刀真は、見事なほど使い分けている。だがこの祖母に対する態度は、それらとも違う。

そして亜久里もまた、信じられない行動をとったのだ。

「この……恥知らずっ！」

そう叫ぶとベッドサイドに置かれたガラス製の吸い飲みを、自由に動く左手で投げつけた。それは刀真の隣に立つ梨絵にあたりそうになる。

だが――。

刀真はスッと梨絵を庇《かば》うと、吸い飲みを片手で振り払った。吸い飲みは壁にあたり、粉々に砕けて床に落ちる。

下にいた家政婦たちと同じ年代、同じ格好をした女性が、オロオロとベッドの近くを歩き回っていた。亜久里の世話をするために、二階に残っていたらしい。

刀真はその家政婦に壊れた吸い飲みを片づけるように命令し、亜久里に向き直った。

「相変わらず、乱暴な人だな。いっそボケてくれたほうが、世話をするほうも安全だろうに」

「馬鹿を言うんじゃありません！　お前といい、奈子といい、育ててもらった恩も忘れて……。あれほど厳しくしつけてやったものを。お前たちはふしだらな母親と同じです。あんな汚らわしい行為をするために、結婚するだなんて！」

梨絵は呆気《あっけ》にとられていた。反対されるとしたら、奈子のように『金目当ての女』といった言葉で罵《ののし》られると思っていたのに……。

亜久里の叫ぶ言葉は、どうも意味がわからない。

だが、刀真はそうでもないようだ。

「結婚しなきゃ、後継ぎが作れないじゃないか。あんたも結婚して〝汚らわしい行為〟をしたんだろう？　そして僕たちの母さんを生んだ」

「お黙りなさい！　後継ぎなど試験管で作ればよいのです。どこかの女の腹を借りれば済むこと。それを……まさか、お前はもうこの女と。ああ、なんておぞましい」

梨絵は狂気じみた亜久里を目の当たりにし、挨拶をすることもできない。

すると、亜久里はそんな梨絵を指さし、

「よくも刀真を堕落させてくれましたね！　城に住む淫売の分際で！」

「あ……あの、わたくしは」

「その胸の開いた淫らな服はなんです⁉　お前はいったい何人の男を誘惑するつもりなの？　ああ、なんてこと。子供が生まれても、相楽の血を引いているかどうか……」

梨絵はカッと頬が熱くなった。

「普段着でご挨拶に伺ったことはお詫びいたします。後日、あらためまして」

「わかった。じゃ、間違いなく相楽の血を引いた子供を作ろうじゃないか。──あんたの目の前で」

梨絵の横から刀真はにわかに信じがたいセリフを口にした。

「え？　あ、あの……刀真さま……今、なんて？」

刀真は梨絵の腕をつかむと、部屋の隅に置かれたカウチソファに彼女を押し倒した。


熱い吐息で刀真は梨絵の唇を奪う。

カウチソファは思いのほか広く、梨絵が横になれる幅があった。その上で、刀真の指が梨絵の女性らしい曲線をせわしなくなぞる。

口づけたまま、開いた胸元から刀真は手を差し込んだ。

伸縮性のある柔らかい素材のワンピースはぎりぎりまで伸び──ついには大きな音を立てて生地が裂けた。

刀真のキスにうっとりとしかけた梨絵だったが、その音にハッと我に返る。

「刀真さま……おばあさまが……」

梨絵はとても亜久里のほうを見る勇気はない。

そのとき、同じように我に返ったのか、

「おやめなさい！　あたくしの前で、そんなハレンチな真似をするなんて……」

亜久里は甲高い声で叫んだ。

だが、刀真にやめる気配はまるでない。むしろ、亜久里の声を聞いた瞬間、彼の目が血走ったように見えた。

「悔しかったら止めてみろ！　竹尺で僕の尻を打てばいい！」

言うなり、刀真は露《あら》わになった梨絵の胸にむしゃぶりつく。先端を口に含み、舌先で舐めるように転がした。

(刀真さま……いったい、どうしてしまわれたの？)

刀真の手が下半身に伸び、ヒップを撫《な》でながらスカートをたくし上げる。

「あ……いや、ダメです……ここでは見られて……」

亜久里の声がキーキーと室内に響く。

刀真に抱かれるとき、人の視線を感じることはままあった。人の気配だけならしょっちゅうだ。でも、ここまであからさまに人前で……。

梨絵の中に奇妙な感覚が走った。

それはまるで、もっと誰かに見せつけたいというような。

（そんな……違うわ。わたくしったら、何を考えているの）

梨絵が慌てて自分の中に芽生えた気持ちを打ち消そうとしたとき、刀真の指が下着の中に滑り込んだ。

「きゃぁ、やめてください、お願いですから」

指だけでは充分でないと思ったのか、しばらくして刀真はスカートの中に顔を押し込む。指で下着をずらし、生温かい舌で梨絵の秘められた場所をねぶり始める。

「ああっ……それだけは……許して」

亜久里の部屋であることも忘れ、嬌声《きょうせい》をあげそうになり、梨絵は必死で耐えた。そんな表情が見えたのか、亜久里はいっそう大きな声でふたりをなじる。

「な、なんという真似を。この、汚らわしい獣たちめ！」

梨絵の心はふたつに揺れていた。

亜久里の言葉は当然だ。人前でやるべき行為ではない。それでは獣と変わりないではないか。自分は望んでなどいない。刀真がムリヤリ……。

その反面、敏感な場所を刀真の舌で愛撫《あいぶ》され、亜久里の視線を感じつつ、梨絵は微妙に腰を動かしていた。

声は我慢できても、愛の泉から溢《あふ》れ出す甘い蜜は隠すことはできない。

刀真もそれをわかっているのだろう。わざとらしく音を立てながら、啜《すす》るように蜜を飲み込んだ。

直後、彼はズボンとボクサーパンツを太ももまで下ろし、屹立《きつりつ》したペニスを亜久里に見せつける。

「刀真さま、これ以上は……」

梨絵は刀真の瞳を見上げた瞬間、胸が締めつけられた。

それは……これまで見たこともない頼りなげな刀真の表情だった。

どんなときも強気を崩さず、我が物顔で梨絵の心と身体を自分の色に染めあげていく男。それがまるで少年のような……今にも泣きそうな彼の顔を見て、梨絵は驚きとともに、抵抗する気力を失った。

直後、ずらした布地の横から、刀真が入ってきた。ふたりの繋《つな》がった部分はかろうじてスカートに隠れて見えない。

カウチソファからギシギシと音が聞こえ始める。

梨絵の気のせいだろうか、いつもの刀真より大きくて硬い。すぐに達してしまいそうなほど、彼の息も荒かった。

そのとき、梨絵は気づいた。

先ほどからずっと、刀真は梨絵に対して何も言わない。これではまるで、人形同然ではないか。しだいに悲しくなり、梨絵のこめかみに涙が伝った。

「とう……ま、さま……わたくしは……」

「頼む……もう少し、もう少しだけ我慢してくれ。頼む」

刀真のリズムに合わせて、梨絵の身体は揺らされ続ける。

やがて、刀真が短い声をあげ――。

そのとき、涙ににじむ梨絵の瞳に、ゆっくりと開く扉が映った。

「キャッ！」

梨絵の小さな悲鳴に刀真の雄叫びが重なった。

「さあ、しっかり見るがいい！　本当はあんたがして欲しくて堪《たま》らなかったことだ！　結婚したら、毎晩あんたの前でやってやるさ！」

続けて聞こえた亜久里のひときわ大きな悲鳴。

体内に迸《ほとばし》る激流を感じながら、梨絵はショックのあまり意識を手放した。

☆　★　☆

梨絵が目を開くと、白い天井に丸形のシーリングライトが見えた。

そこが亜久里の部屋でないことはたしかだ。やけにしんとして、不思議な感じのする部屋だった。

ベッドに寝かされていることに気づき、ゆっくりと身体を起こす。だが、何も身に着けていないことを知り、慌てて掛け布団で胸元を隠した。

下半身に違和感を覚える。

刀真にされたことを思い出し、梨絵は屈辱で身体が震えた。

（おばあさまと何があったにせよ……あんな場所で、あんまりだわ）

亜久里の叫び声に使用人たちも集まってきていた。そんな彼らにも見られてしまったのだ。

刀真に教えられたセックスは梨絵の身体を女に変えた。

それでも、亜久里の前で抱かれることなど、梨絵は望まなかった。たとえ婚約していても、あれではレイプといってもおかしくない。

そのとき、梨絵は卯月に言われたことを思い出した。

『ひょっとしたらヤバイ性癖の持ち主なのかも』

『そっちのほうは妙な気配とかないの？』

まさか、こういうことだったのだろうか？

次期社長になるための布石として、由緒正しい血統の梨絵を妻にしたかった。

だがそれは表向きで、実際は……亜久里にセックスを見せつけるためのオモチャが欲しかった。

そんな恐ろしい考えがよぎり、梨絵は手がブルブルと震えた。

意識が落ちる寸前、刀真は言った――『毎晩あんたの前でやってやる』。

あの言葉が刀真の本心だとしたら？

（嫌よ。いくら愛していても、わたくしには耐えられない。大勢の前で刀真さまに……ム

りだわ）

梨絵の瞳に涙が浮かんだとき、カタンと音がした。

「あ……お目覚めでしたか。申し訳ございません」

それは家政婦頭のあつ子だった。

梨絵は慌てて涙をぬぐい、キッと顔を上げる。できるだけ平静を装い、

「いいえ。あの、何か着るものを用意していただけますか？　わたくし、失礼させていただきますので」

そうでなければ、みじめさに心が砕けてしまいそうだ。

すると驚いたことに、あつ子は泣きながら床にひざまずき、梨絵の座るベッドに縋《すが》りついた。

「お待ちくださいませ、九条の姫さま！　どうか……どうか、坊ちゃまをお許しください！」

「許すも何も……わたくしには、刀真さまのお考えがわかりません。何もおっしゃってくださらないまま、あのような真似《まね》を。ただ、これだけはハッキリいたしました。わたくしを大切に思ってくださってはいない、と」

梨絵はきっぱりと言い切るが、あつ子も引こうとはしない。

「お怒りはごもっともでございます。ですが……」

「あなたは理由をご存じなのですか？　でしたら、わたくしにも教えてください」

「それは……私のような使用人の口からは……」

「理由は話せない。でも、刀真さんのなさったことは許せとおっしゃるのっ⁉」

梨絵は思わず、興奮して叫んでしまった。

あつ子は唇を噛《か》み、白いエプロンを握り締めている。

「……ごめんなさい。あなたに文句を言ってもしかたのないことなのに。おばあさまの具合はいかがですか？　ご病気なのに、あんなに怒らせてしまって。心からお詫《わ》び申し上げます、とお伝えください」

あつ子はうつむいたまま返事をしなかった。

梨絵は呼吸を整えると、

「どうかお願いします。ここから出て行く洋服をください」

「は……い。すぐにご用意――」

「お待ちくださいませ！」

今度は亜久里の部屋にいた家政婦が飛び込んでくる。扉の近くには、玄関で挨拶したときに見かけた顔ぶれも立っていた。

「入ってきてはダメと言ったでしょう⁉　加奈子《かなこ》さん、皆さんを連れて出てお行きなさい！」

あつ子は家政婦頭らしく若者を叱る口調だ。

しかし、梨絵からすれば全員が母より年上の人たちばかり。逆に、自分のせいで、と申し訳なく思ってしまう。

「そんなにおっしゃらないで。でも、何か着るものをいただかないと。こんな格好では、とても皆さんのお話は……」

「坊ちゃまは、本当はお優しいかたなのです。その坊ちゃまを、あんなふうにしてしまったのは奥さまです。奥さまに怒る資格などありません。罪の報いを受けておられるのですわっ！」

　言うなり、加奈子と呼ばれた家政婦は泣き崩れた。

　そしてほかの家政婦たちもうなずきながら口元を押さえる。

（いったい、どうしたというの？　このお屋敷で、過去に何があったというの？）

　さめざめと泣き続ける女性たちに、梨絵の混乱は深まるばかりだった。

第十章　愛はいらない

「何をやってるんだ⁉」

刀真は険しい声で家政婦たちを押しのけ、室内に入ってきた。

「坊ちゃま……あの」

「出て行ってくれ。梨絵と話がある」

「ですが、坊ちゃま」

「いいから出て行くんだ！　呼ぶまで誰も近寄るな」

あつ子は家政婦たちの背中を押し、何度も振り返りながら、部屋をあとにした。

刀真とふたりきりになり、

「……わたくしも、出て行きたいのですけれど」

「君はダメだ」

「どうしてですか？　あれではレイプです。おばあさまだけじゃなく、使用人たちにも見られてしまって……」

冷静さを装ってはいたがとうとう堪《こら》えきれなくなった。梨絵の頬をポロポロと涙が伝い落ちていく。

泣くこと自体が悔しくてならない。平気な顔をしたいが、刀真を見た瞬間、とても黙ってはいられなかった。

彼はそんな梨絵から目を背けたまま、

「〝私に一切逆らわない〟――それが契約だったはずだ」

その無情な言葉に、梨絵の心は打ちひしがれた。

家政婦たちの様子から、深い事情があるのだろう、とは思う。ならばなぜ、その事情を話してはくれないのか。

その答えはひとつ。金で買ったオモチャに言い訳などいらない。刀真はおそらく、梨絵の羞恥心すら買い上げたつもりなのだ。

梨絵は床に足を下ろした。

足の裏にひんやりとした感触を覚える。

そのまま掛け布団から手を放し、長い黒髪を無造作にかき上げると、梨絵は生まれたままの姿で立ち上がった。

「よく、わかりました。ならば、わたくしはこのまま、このお屋敷を出て行きます！　そして家に戻りしだい、お姉さまに連絡を取り、これからのことを相談させていただきます。お姉さまは、わたくしたちの結婚に反対されていましたから……。きっと婚約解消のお力になってくださるでしょう」

涙で梨絵の化粧は落ちてしまっている。

だが、今の彼女に失って恐ろしいものなど残ってはいなかった。

刀真を信じて、心を許したりしなければ……。せめて愛さなければ、これほどまで傷つかずに済んだのに。レイプまがいの行為にまで、感じてしまう自分の身体が恨めしい。そんな思いが梨絵の全身を熱くする。

（ただのセックスに心まで引きずられて……わたくしは自分がこんなに愚かな女だなんて、思ってもみなかった。でも……）

梨絵には十三代城主のプライドがある。彼女は凛として刀真を見返した。

そんな梨絵を、刀真は目を丸くしてみつめている。

直後、彼は上着を脱いで、梨絵の身体をふわりと包み込んだ。

「まったく、君はとんでもないことを言い始める。わかった……悪かった。ちゃんと城まで送り届けるから、無茶はしないでくれ」

冷たくなった身体に、刀真の温もりが伝わってくる。

余計なことをしないで、と跳ね除けたいのに……強がる心とは逆に、梨絵の身体は刀真にもたれかかっていた。

「車の……中とか、外でなら……。でも、さっきみたいなのは嫌です。人に見せつけるように、なんて。あなたにとっては、お金で買ったオモチャかもしれない。でも、わたくしも人の心を持った女です」

しゃくり上げて泣きながら、梨絵は刀真の胸に顔を埋めた。

「梨絵……君は私のことが好きなのか？」

「いけませんか？　でも、結婚するのだから……あなただって、嫌々抱かれる女より、愛されて——」

梨絵の告白を刀真の唇が遮った。

そのキスは甘く、激しく、梨絵は自分の心を受け止めてもらえたかのような錯覚に陥る。

「刀真さま……」

「ここは、姉の部屋なんだ。クローゼットはこっちだ。君に合うサイズの服もあるだろう」

そういって連れて行かれたクローゼットで、彼女は信じられない光景を目にしたのだった。

ハンガーに下がっているのは、S女子高の制服以外はすべて黒のロングスカート。引き出しを開けると、そこに入っているのは白いブラウスのみ。別の引き出しを開けても、白い下着とスクールソックスだけだった。

（まさか、これだけ？　そんな……ここは幸福屋グループのご令嬢の部屋ではないの？）

梨絵はわけがわからず、何を手にしていいのか迷ってしまう。

「袋に入っているのが新しい下着だ。上は、適当に選んでくれ」

「選ぶって……制服以外は同じに見えるのですけれど」

「ああ、同じだよ。下着も小学生が身につけるようなものだ。高校生になっても、アイツは姉さんにブラジャーの一枚も買い与えなかったんだ！」

「……刀真さま？」

ふいに声を荒らげた刀真に梨絵は恐る恐る声をかけた。

『学生の本分は勉学です。それ以外のことは考えてもいけません。異性の目を惹《ひ》くような着衣は間違いのもとです。胸元を強調させる下着など、つけてはなりません！』

亜久里はそう言って、奈子に修道女のような格好を強制したという。

そしてそれは、刀真に対しても同じだった。

「私のクローゼットを見てみるかい？　白いシャツと黒いズボン……小学生のころは半ズボンだな。成長に合わせて全サイズ揃《そろ》ってるよ」

彼は祖母の言葉を口にしながら、自嘲的な笑みを浮かべる。

「制服以外はそれしか着られず、平日は外出禁止。日曜日の昼間、数時間の外出だけが私に許された自由だった。そのために、美術部に所属していたようなものだな」

「美術部……絵を描かれていたのですか？」

刀真の言葉に、梨絵の薄く途切れそうな記憶が鮮明に甦《よみがえ》っていく。

「あの……白いシャツと黒い……刀真さま、ひょっとして、毎週日曜日にお城のスケッチに来られていました？」

梨絵の問いに刀真は答えない。

「では十二年前、お堀に落ちかけたわたくしを助けてくださったのは……」

彼女が足を滑らせたのは、ひと気のない城の裏側にあたる場所だった。誰にも気づかれず、内堀に落ちていた可能性は少なくない。しかも、寒い時期で重ね着をしていた。あんな格好では、とても泳げなかっただろう。

そんな彼女に気づき、あのときの高校生は駆けつけてくれたのだ。

持っていたものをすべて投げ出し、足場の悪い場所で梨絵の身体を支えてくれた。黒い表紙のスケッチブックが堀に沈んでいく様子は、今でもハッキリ覚えている。

結局、名前も聞かぬまま彼はいなくなり、そして、二度と現れなかった。

「――制服姿のあのかたは、あなただったのですね」

梨絵の念を押すような言葉に、刀真は背を向けたまま静かにうなずいた。

「どうしてですか？　どうして、何も言ってくださらなかったの？　でしたら……わたくしたち、春に初めて会ったのではなくて、もっと以前から」

「わざわざ言うようなことじゃないだろう。それに、君は私を見ても思い出さなかった」

「それは……」

刀真は梨絵の素性を知っていた。

でも梨絵は、助けてくれた高校生の名前も知らなかったのだ。いつも同じ服を着て、週末だけ城のスケッチにやって来る、すれ違っても挨拶もしない少年。誰に聞いても、学校の名前すらわからなかった。

思い出せなかった理由はそれだけじゃない。

「今とは違いすぎる——だろう？」

刀真は梨絵の心を読むように答えた。

「それは……当時のあなたはあまりにも、その……無口で」

「はっきり言っていいよ。根暗で得体の知れない学生に見えた、ってね」

「そ、そんなこと。そうではありませんけれど」

「誰とも口をきくな。祖母にそう命じられていたんだ。それも、とくに女性とは」

梨絵は唖然《あぜん》とする。

「女性……ですか？　でも、あのときのわたくしは小学生ですよ？」

「関係ないさ。当時の運転手は祖母の言いなりでね。ヤツは私を見張っていたんだ」

「ボディガードならともかく、どうしてお孫さんに見張りが必要なのです？」

するとと、刀真は観念したように梨絵を振り返り、

「逃げられないためだよ。母は十六で、姉は高校卒業と同時に、あの山姥から逃げ出した。そして、最後に残った私を逃がさないよう、アイツは必死だったんだ」

「それは……愛情からですか？」

刀真は悲しそうな笑みを浮かべ、「——生け贄《にえ》さ」とひと言。

梨絵が聞いたこともないような、あまりにも苦しく、絶望に満ちた声。

返す言葉もなく立ち尽くす梨絵に、

「わかった。君の質問になんでも答えよう。だからまず、服を着てくれないか」

そう言って彼は再び背を向けた。

☆　★　☆

梨絵は自分に着られそうなサイズのブラウスとスカートを選び、最初の部屋に戻る。

（まるで、病院のベッドみたい）

壁際に置かれた、自分が寝かされていたスチール製のベッドを見てそんなことを思う。さっきは興奮していてろくに見ていなかった。だが、十代の少女が使っていたにしては、なんて味気ない部屋だろう。何かひとつくらいありそうなキャラクターグッズがまったく見当たらない。

引き出しのないシンプルな机と木製のイスがひとつ。机の横には教科書や辞書の並んだ本棚がひとつ。家具はたったそれだけだ。

刀真は所在なげにベッドに腰かけている。

梨絵は何も言わず、彼の隣に座った。そして、刀真の家族について、母から聞いたことを話して聞かせる。

するとと、刀真もポツポツと口を開き始めた。

「この屋敷は祖父と母、そして僕たち姉弟にとって、巨大な檻《おり》だった」

「檻なんてそんな……おばあさまが、あなたたちを閉じ込めていたとでもおっしゃるの？」

「そんなものかな。僕たちはみんな、山姥《やまんば》によって飼い殺しにされていたんだ」

その恨みのこもった声に、梨絵は背筋がゾクッとした。

顔を上げると窓の外に鉄柵が見える。梨絵が侵入者防止用と思ったそれは、部屋の中にいる者を逃がさないための鉄格子も同然だったのだ。

男兄弟のいなかった亜久里は、婿をとって相楽の家を継いだ。

しかし、何ごとも自分が一番にしか考えられない亜久里は、家でも会社でも夫を尻に敷いた。

そんな亜久里に嫌気がさし、夫は二人目の子供が生まれる直前、家を出てしまう。

「それも結婚前から付き合いのあった女性と一緒に。祖母はショックで早産してしまい、子供は亡くなった」

「まあ……お気の毒に」

梨絵にすればほかに言いようがない。

「祖父は会社も辞め、すべての個人資産を祖母に譲り、離婚を申し出た。でも、祖母は認めず、さらに慰謝料を請求したんだ。相手の女性にね」

亜久里の嫌がらせは執拗だったという。

相手の女性の勤務先だけでなく、実家や親戚まで巻き込んだため、ふたりはO市に住むことができなくなった。彼らは近隣の市を転々と移り住み、それでも亜久里は引っ越すたびに追いかけて、ふたりへの嫌がらせを続けた。

やがてふたりに子供が生まれ……。

亜久里はそのことに激怒し、精神的苦痛に対する慰謝料を増額したのだ。

「祖父の収入は妻の権利といって祖母がほとんど取り上げていた。ふたりともまともな仕事には就けず、最後はパチンコ屋の住み込みまでしていたらしい。祖父は彼女と子供に慰謝料を請求しないことを条件に、祖母のもとに戻ったんだ」

そこまで聞いて——。

たしかに、亜久里のやり方は病的かもしれない。とはいえ、きちんと離婚する前に、愛人との間に子供まで作った刀真の祖父にも問題があるのではないだろうか？

梨絵はそう思ったが……刀真の次の言葉に、亜久里への同情は消え失せた。

「祖母はこの屋敷を買い、わざわざ郊外に移した。そして祖父には仕事を与えず、屋敷から出ることを禁じたんだ。逆らえば、外で作った子供はまともな人生が歩めなくなる、と脅して……」

当時三十歳前後の亜久里は、夫に子作りをせがんだ。

その後しばらく、毎晩のように寝室から亜久里の罵声《ばせい》が聞こえた。だが彼女の夫は、妻との性交渉に応じることができなかったのだ。亜久里は声高に妻の権利を主張し、使用人や娘の前で夫を不能者と罵倒し続け……その五年後、夫は亡くなった。

そして、亜久里の標的は夫の血を引く娘、清美へと移る。

刀真はその辺りの事情を、執事の落合から教えてもらったという。

それはちょうど梨絵の母が、クラスメートである清美のことを心配していた時期と重なっていた。

「母が言っていました。あなたのお母さまが、竹尺でぶたれていたとか……まさか」

ついさっき、亜久里の部屋で刀真の叫んだ言葉を思い出す。

『悔しかったら止めてみろ！　竹尺で僕の尻を打てばいい！』

彼は行為の最中にそう口にした。

「おばあさまは、あなたもぶったの？」

刀真は小さくうなずき、

「そうだ。姉が逆らったら僕を、僕が失敗すると姉がぶたれた……地獄だった」

その告白に、梨絵は息苦しいほどの悲しみと怒りを覚えた。

亜久里は幼い姉弟に、これ以上ないほどの母親の悪口を吹き込んだ。

『清美は父親に似て、とんでもないアバズレに育ってしまいました。十七歳で未婚の母になるなど……。挙句の果てに、父親のわからない子供まで生んで。清美は恥ずかしい病にかかり亡くなりました。お前たちはそんなふしだらな母親の血を引いているのよ。引き取ってもらえるだけでも感謝しなさい！』

母親の清美は、性病が原因で亡くなった。姉弟は長い間そう信じてきた。人に言えない恥ずかしい病だと、亜久里によって思い込まされてきたのだ。

実際は、風邪をこじらせ肺炎を併発、医者にもかかれず亡くなったと、刀真は成人してから知る。

「どうして？　おばあさまはそんな嘘《うそ》を」

「僕たちに罪悪感を植えつけ、自分の言いなりにするためだろうな。悪いのは母と僕たちで、祖母じゃない、と。母はたとえ死んでも、祖母のもとに帰りたくなかったんだ！　あの山姥に殺されたようなものだ」

救急車で病院に運ばれ、息を引き取る寸前、『実家にだけは連絡しないで、子供たちが公的施設に入れるようにして欲しい』——そう医者に向かって祈るように伝えたという。

しかし、病院から連絡を受けた役所が親族に知らせないわけにはいかず……。

役所が調べたところ、清美の実家はO市でもかなり大きな会社を経営していることが判明した。しかも、子供たちの祖母が社長。それを聞けば誰もが、施設に入れられるより祖母に引き取られたほうが子供たちは幸せになれると思うだろう。親に逆らい家出した娘の子供とはいえ、亜久里にとっては実の孫なのだ。

結果、清美の遺志は尊重されず、亜久里がふたりを連れ帰ることになってしまったのだった。

「もの心ついたときから、ずっと言われ続けた。お前の母親はクズだ。自分に逆らったらお前もそうなる。厳しくしつけるのはすべてお前のためだ、と」

刀真は言葉を区切り、梨絵に視線を向けた。

そのまなざしは、凪《な》いだ海のように穏やかだ。

「梨絵……君を助けたとき、僕は高校二年だった。祖母が僕に一番厳しかった時期でね。買い与えてもらった画材をなくし、服を汚して帰った僕を祖母は許さなかった」

「許さないって……どうするというの？」

「厳しくぶたれた。そして高校卒業まで、学校以外の外出を禁じられたんだ。だから、城に行かなくなったんじゃない……行けなかった。それだけだよ」

梨絵は衝動的に刀真の頬に触れた。

両手で彼の頬をそっとはさみ、唇を重ねる。

「何年も毎週来られていたのに……わたくしのせいで、ごめんなさい」

〝地獄〟のような苦しい生活のなかで、絵を描くことが唯一の息抜きだったに違いない。

それが――。

「スケッチブックがお堀に沈んでしまったのを覚えています。わたくしを助けようとしたばかりに……」

もう一度、ごめんなさい、を口にしようとしたとき、刀真の言葉がそれを阻んだ。

「いや、短い時間でも外で過ごしたかっただけなんだ。とくに絵が好きなわけでも、城を描きたかったわけでもない。僕は……」

刀真はゆっくりと首を振り、

「もう、昔のことだ」

小さく呟《つぶや》いた。

「刀真さん、わたくしはあなたのことを愛しています。あなたが愛してくださらなくてもかまいません。でも、この気持ちだけは知っていて欲しくて。結婚したら、ここは出ましょう。おばあさまはご病気なのよ。きっと、あなたのおじいさまに捨てられたときから」

「……梨絵……」

「九条家の婿に入ってくださるのでしょう？　新しく始めるにはちょうどよいではありませんか。わたくしも、あなたにふさわしい妻となれるよう頑張ります。ですから……」

さらに言葉を続けようとした梨絵の口を、刀真の口が塞いだ。

今度のキスは少し長かった。

優しく、梨絵の唇をなぞるように、刀真は時間をかけて口づける。互いの舌先がほんのわずかに触れ、梨絵はこれまで以上のときめきを知った。

刀真の手のひらが梨絵の胸に触れた。

ブラジャーはクローゼットになかったのでつけていない。そのせいで、ダイレクトに刀真の温もりを感じた。

そっと、大切なものを撫《な》でるような、さっきとはまるで違う愛撫《あいぶ》だ。

「ああ……刀真さま」

しだいに高まる欲求に、梨絵はうわごとのように刀真の名前を呼んだ。

（なんて優しく触れてくださるの。きっと、こちらが本当の刀真さんなのだわ）

梨絵は新しくはき替えたばかりのショーツにヌメリを感じていた。

刀真に知られたら恥ずかしい。濡《ぬ》らさないように我慢しなくては。そう思うのだが……。刀真の手が梨絵の身体をなぞるたび、ビクンと震えて脚の間が熱くなる。じんわりとした潤いは、もはや隠しきれないところまできていた。

「刀真さま、お願いです……わたくし、もう」

いつものように言葉で攻められ、強制されているわけではないのに。

梨絵は自分から恥ずかしい言葉を口にしていた。

「もう、おかしくなりそう……お願い、刀真さま。……きて」

「梨絵……」

ファスナーを押し下げる音、続けて、衣擦れの音が梨絵の耳に入った。

梨絵はその場所を刀真の指でまさぐられ、逞《たくま》しい男性自身で突き上げられるところを想像して、思わず、自らひざを開いていた。

ところが、刀真は梨絵の手をつかみ、彼の股間へと導いたのだ。

驚いたことに、そこはまったく反応していなかった。

「と、刀真さま?」

「わかっただろう? ベッドの上で、私が君を最後まで抱かない理由が」

「わ、わかりません、そんな。今まで何度もわたくしのことを。ついさっきも、あんなふうに……」

猛々しくそそり立ったモノを亜久里に見せつけ、見られているのもかまわず、梨絵に押

し込んだではないか。

刀真は遠くを見るように目を細め、

「私は異常なんだ。ごく普通のセックスはできない」

それは、にわかに信じがたい告白だった。

「異常って……ベッドがダメだとおっしゃるの？　でも、どうしてそんな……。まさか、それもおばあさまのせいなのですか？　いったい何をされたというのです⁉　教えてください、刀真さま！」

泣くように叫ぶ梨絵を、刀真は乱暴に突き放し、

「婚約は解消する。私が欲しいのは〝愛のないオモチャ〟だ。嫌がる君を陵辱するのは、とても面白かった。だが私を〝愛している〟という女には……このとおり勃《た》たなくなる。

――姫さま、悪いが君はもう用済みだ」

彼は冷酷さをとり戻した瞳で、梨絵を切り捨てた。

第十一章　セックスの罪と罰

「驚いたわよ。調子が悪いって一週間も休んでるんだって？」

刀真に婚約解消を告げられた一週間後、卯月が城主館まで梨絵を訪ねてきた。

奈子の件が気になって何度も連絡を入れたという。だが梨絵は携帯を切ったままだった。もちろん、刀真からの電話を恐れてだが……。

卯月は心配して、出張から戻るなり王国を訪れ、そこで梨絵が休んでいることを聞いたのだった。

「ごめんなさい、心配させてしまって。連絡しようと思ったまま、つい……」

梨絵は言葉を濁す。

本当は卯月のことまで考える余裕がなかったのだが、忘れていたとは言えない。

「ねぇ、梨絵。あんた、痩せたんじゃない？」

「そうですか？　自分では、そんなふうには」

「夏バテ……にしちゃ、早いわよね。まだ、七月の半ばだもの」

梨絵は客間に卯月を通し、冷たい麦茶の入ったグラスを二個、お盆に乗せて持ってきた。

客間は外堀の見える六畳の和室。窓はすべて開け放たれ、部屋の隅に扇風機が置かれている。夕方になると、水面をなでる涼しい風が部屋に吹き込み、真夏でも過ごしやすい部屋だった。

梨絵が黙っていると卯月が予想外にも楽しそうな声をあげる。

「あの萌花がメチャクチャ悔しそうな顔してテさ。梨絵にも見せてやりたかったわ」

「二階堂さんが？　それはまた、どうして？」

梨絵が卯月と同級生だったのは高校までだが、萌花と卯月のふたりは同じS女子大を出ている。

だが萌花は『お姫さまのご機嫌取り』と卯月をあざ笑い、逆に卯月は『モテない女のひがみ』と言い返すような関係だった。

そんなふたりが顔を合わせ、大ゲンカにでもなったのかと心配するが……。

「正直に白状しなさい。体調不良の原因てさ……オメデタなんでしょ！」

梨絵は口に含んだ麦茶を吹き出しそうになった。

卯月いわく、王国中にそんな噂《うわさ》が流れているという。

結婚を間近に控えた女性が体調を崩す原因、となれば……一番に考えられるのが妊娠。

卯月はチケット売り場のみんなが噂しているのを聞き、『可能性はあるんじゃない？』そんなふうに答えたと笑う。

「待ってください！　どうしてそんなことに？」

「だって、そういう仲だって言ってたじゃない。黙ってても、絶対にバレるんだからね。言っちゃいなって」

「……卯月さんたら……」

梨絵は開いた口が塞がらず、大きくため息をついた。

そして、こんなときでも気になるのは、

「刀真さま……支配人は？　彼はなんて説明したのか、卯月さんはご存じ？」

「さあ、出てきてないって言ってたわ。窓口業務が滞らないように、本社の庶務から人を回す手配はしてくれたって。だから余計に、梨絵の身体を心配して一緒にいるんじゃないか？　って言われてたんだけど……」

卯月は周囲に目をやり、「いないみたいね」と明るく言う。

（アノことがちゃんとわかるまで、婚約解消は公表しないのね）

刀真はあれほどまでにきっぱり、婚約を解消すると言った。もう、梨絵は不要だ、と。

だが、直後に言葉を付け足した。

『ただし、婚約解消は君が妊娠していないとハッキリしてからだ。私は自分の子供を始末させるような男ではないし、父親のいない辛い思いはさせたくない。君が妊娠していたら、このまま結婚する。ただし、愛情もセックスも抜きだ。もう二度と、君を抱かない。そのつもりで』

その言葉に何も答えず、あの日以来、携帯電話も切ったままでいる。

事務室長の荒瀬には連絡を入れたが、『支配人から聞いてるよ。ムリをせずゆっくり休んでくれ』と言われてしまった。

どんな説明を聞いたのか気になったが、今の梨絵にはそれを尋ねる勇気もない。結局、『ご迷惑をおかけして申し訳ありません』と謝罪だけ口にした。

(愛しています、なんて言ってしまったから……こんなことに)

刀真は梨絵を助けてくれた。十二年前だけじゃなく、変質者に襲われたときも。だから、錯覚してしまったのだ。

彼なら、暁月城という重圧を背負う梨絵を支えてくれる。そして自分なら、つらい子供時代を送った刀真を理解し、幸せにできるはずだ、と。

梨絵はいつも注目を浴びてきた。

彼女自身はそれに慣れている。でもそれは、彼女が近づく人間まで、スポットライトの下に引きずり込むことを意味した。卯月と友人になるときもそうだった。

しかし、年頃になった彼女には別の問題も浮かび上がり……。

梨絵が高校生のとき、何気なしに褒《ほ》めた他校の男子生徒の名前が広まった。

それはいつしか、梨絵が片思いをしているような噂になってしまう。

どれほど否定しても噂は広まり続け、結果——その男子生徒は〝姫さまのお相手にふさわしいか?〟という周囲の不躾《ぶしつけ》な視線に晒《さら》された挙げ句、交際中のガールフレンドとうまくいかなくなった、と。

些細《ささい》なひと言で人を巻き込み、迷惑をかけてしまう。だからこそ、桂介への淡い恋心も表には出さずにきた。

だが決して、周囲の人々に悪意があるわけではない。

周囲の……とくに男性が梨絵に対して抱く印象は『気位が高く、男性に媚《こ》びない、簡単には手に入らない高嶺《たかね》の花』。それは以前、卯月から聞いたことだった。

彼らただ、梨絵に〝お姫さま〟であることを期待している。

そして梨絵も、その期待に応えたかった。

でも、刀真なら……。

(身体の快楽に引きずられて……そんな勘違いをしてしまったばかりに)

刀真は〝高嶺の花〟を手折りたいだけの男性だった。

「梨絵？　ねえ、ホントにオメデタじゃないの？」

梨絵はハッとして首を振り、「違います。そうではなくて」——少なくとも今のところは。そう心の中で付け加える。

「じゃあ、いったいどうしたの？　早速、夫婦ゲンカとか？」

同じようなことを両親にも言われた。

父は『何かあるならお父さんが言ってきてやる！』と息巻いている。

母のほうはもう少し落ちついていて、『ケンカはいいけれど、話し合わずに逃げ出してしまうのはダメよ』と梨絵から折れるようにさりげなく言われた。

そして祖母には、

『わたくしはもう大丈夫だから。梨絵さんの好きにしていいのですよ。大好きな旦那様と半世紀以上も一緒に過ごせて幸せでした。梨絵さんにも、同じように幸せになって欲しいの』

祖母は気づいている。

祖母の言葉が真実なら、この城にこだわる必要はあるのだろうか？　個人所有でなくなれば、管理は財団法人で行うことになる。祖母や母がわざわざ入城窓口で働かなくてもいい。梨絵が理事として財団に名前を連ね、形ばかりの第十三代城主と呼ばれ……。

そう思ったとき、ますます自分の愚かさを噛《か》みしめた。

祖父が父ではなく、梨絵を後継者に指名した理由。それは相続税のことだけではなく、父がもともと個人所有に反対していたせいだった。次代に繋ぐのはムリだと承知のうえで、祖父は梨絵に託した。

（お父さまは、次の城主さまと呼ばれることも嫌っておられた。本当は早く城主館を出たいと思われていたのに。わたくしが……おじいさまのように、尊敬される城主になろうとしたばかりに）

このまま破談になれば、結局は城から去ることになるだろう。祖母にも気を遣わせただけだった。両親にも大きな心配をかけることになる。

悪魔の手に縋《すが》ったのはあやまちだった。

梨絵に残されたのは、刀真への恋心と、彼に教え込まれた性の悦び。そして、それらを無残につき返された悲しみだけ……。

「ケンカというか……いろいろ、すれ違うようになってしまったの。もう、ダメかもしれない」

梨絵は涙をこらえて、ポツリと言う。

ところが、卯月は深刻な梨絵を見ながら、笑って答えた。

「ま、梨絵にとったら初カレだもんね。燃え上がってるときはいいけど、少し冷めてくると相手のアラにも気づくもんよ。〝なるようになる〟くらいの気楽さも、恋には必要なんだから」

そんなふうに言われても、今の事態が〝なるようになる〟とは、とうてい思えない。

「ねぇ卯月さん。昔、わたくしが内堀に落ちかけた話ですけれど、覚えておられますか？」

「え？　ああ、あの中学入学前にって話でしょ。アレがどうかした？」

あのとき梨絵を助けてくれたのは、刀真だったことがわかったと卯月に話す。

すると突然、卯月が手を叩いた。

「思い出した！」

「な、何を思い出されたのです？」

「ホラ、支配人をどこかで見かけたって話。この城よ。白いシャツと黒のズボンで思い出したわ。そうか……アレって支配人だったんだ」

「それは……違うと思います」

梨絵はとっさに否定した。

なぜなら、

「卯月さんが遊びに来られるようになったのは、わたくしたちがお友だちになってからでしょう？　そのころには、刀真さんはもうお城のスケッチには来られなくなっていたので。人違いではないかしら」

「スケッチなんてしてなかったわよ。それにお城の近くじゃなくて、外堀にかかった二ノ橋の向こうで見たの」

王国の駐車場から二ノ橋までの外堀沿いに遊歩道がある。決して広くはないが、ベンチも設置されていた。刀真らしき男性は、そこに座って城を見ていたという。

「あたしたちが高一のころで……四、五回見かけた気がするわ。キレイな男の人だなぁって、それで覚えてたんだけど。でも、今とぜんぜん印象が違うから気がつかなかった。なんていうか、覇気がなくて、ボンヤリした感じだったなぁ」

「もし刀真さんなら、きっと王国に用事があったのでしょうね。大学時代には顔を出しておられたみたいですから」

王国にスワンボートを入れたのは刀真だ、と言っていた。

本当はお城が、いや、梨絵のことが気になったのでは……そんな期待をしてしまう自分が情けない。

「結婚はなくなると思います」

「そんな、悪いほうにばっかり考えたらダメだって」

「いいえ。わたくしは刀真さまの期待に応えられなかったのです。ですから……もう、諦め……」

卯月の前なのに、梨絵は涙がこぼれ落ちるのを止められない。

これまで、誰かの前で泣いたことなどなかった。刀真に恋をして、弱くなった自分が悔しい。刀真を憎もうと思いながら、彼の顔を思い浮かべるだけで会いたくなって……梨絵の涙は、いつまでも止まらなかった。

☆★☆

もうすぐ、王国の営業時間が終わる。

この一週間、梨絵はずっと家に引きこもっていた。外に出たのは何日ぶりだろう。

卯月は親友の涙を見て、これまでにないほど驚いていた。梨絵は卯月に励まされ、彼女を見送るために出てきたのだ。

そして、引き寄せられるように二ノ橋を渡り、遊歩道のベンチに腰かける。

『ちゃんと話し合わないとダメよ。男と女なんて、わかり合っているようでいて、全然なんだから！』

卯月は力強く言っていたが、

（わたくしたちにはムリなことだわ。だって、一切逆らわない、と契約を交わしただけの関係ですもの……）

梨絵は王国の仕事を辞めるつもりでいた。

城主の役目も続けられそうにない。

（すべて、刀真さまの好きにしていただこう。ただ、両親とおばあさまの住む場所さえいただけたら……。わたくしはもう、この町では暮らしたくない）

梨絵は背後に人の気配を感じ、スッと立ち上がる。

誰にも会いたくなかった。『姫さま』と呼ばれても、今の梨絵に笑顔を返す自信はない。

「待って、梨絵さん！　あなたにお話があるの」

梨絵を呼び止めたのは奈子だった。


「そう……こんな場所で。落ちていたら危なかったわね」

そこは十二年前、刀真が梨絵を助けてくれた場所だ。

彼に初めて抱かれた石垣のさらに奥。松林を通り抜け、柵に手を添えて奈子は城壁の裏を覗《のぞ》きこんでいる。

「はい。刀真さまには大変感謝しております。でも、そのせいで、おばあさまにひどく叱られたとか。申し訳ないことをいたしました」

刀真が小学生の梨絵を救ったという場所を見たい――奈子はそう言った。

梨絵は、奈子が知っていたことに驚いたものの、何も反論せず案内した。

今日の奈子は一週間前のような刺々しい雰囲気はなく、どこか儚《はかな》げに映る。洋服のせいかもしれない。今日はキャリアウーマン風のパンツスーツではなく、フェミニンな花柄のロングスカートと五分袖のカットソーを身につけていた。靴もローヒールだ。

着古したデニムのタイトスカートにくたびれたTシャツを着ただけの自分と比べ、梨絵は恥ずかしくなる。

（こんな格好のままで、外に出るのではなかったわ）

続く奈子の言葉に、梨絵はさらなる羞恥心を覚えた。

「昨日……久しぶりに相楽の家に戻ったの。聞いたわ、落合さんから……」

奈子の言いたいことはすぐにわかった。

梨絵は口元を覆い、横を向くことしかできない。

「あなたに謝ろうと思ってきたの。……私が」

「それ以上、おっしゃらないでください！」

「梨絵さん？」

「何をお聞きになったのか存じませんが、お姉さまに謝っていただくことではありません。先日申しましたとおり、わたくしと刀真さまの間のことです。どうかお引き取りくださいませ。失礼いたします」

押しつけるように言うと、梨絵は踵《きびす》を返した。

そんな彼女の背中に奈子が叫んだ言葉――。

「違うの！　嘘《うそ》だと思っていたの。刀真からあなたと深い関係だと聞いて……あなたと結婚したいがために、嘘をついているんだって。だから、反対したのよ。これ以上、誰にもあの子を傷つけて欲しくなかったからっ！」

振り向いた梨絵の目に映ったのは、涙ぐむ奈子の顔だった。


青いポリエチレン製のベンチに、ふたりは並んで座った。

「私の部屋のクローゼットを見たのよね？」

「はい。あの……お洋服をお借りしたままで、申し訳ありません」

「いいのよ。捨ててちょうだい。ほかの服も全部処分するつもりだから……。刀真はどこまであなたに話したのかしら？」

伏し目がちに言葉を紡ぐ彼女に、梨絵は刀真から聞かされたことを伝える。

ただし最後の――梨絵の愛の告白を聞き、刀真の身体に起こった変化は言わなかった。

たとえどれほど信頼した姉でも、知られたくないことはあるはずだ。

だが、

「怒らないで欲しいのだけど……。刀真とふたりきりのベッドで、あの子があなたを抱いたことはある？」

梨絵は返事に困った。

「ああ、誤解しないで。刀真がなんでも私に話すわけじゃないのよ。あなたを助けたこともそう……。東京でね、私たちは一緒にセラピーを受けていたから。治療の一環で、心にあることをすべて吐き出すの。だから、あの子は私の悩みや苦しみを知っているし、私も同じよ」

そのときの奈子はやり手の女重役ではなく、無垢《むく》な少女に見えたのだった。

亜久里は最初、姉の奈子を標的にしていたという。

奈子の中にある女性的なものをすべて否定し、異性との接触を禁じた。そして何度となく、『母親のように死にたいのか』と脅したのだ。

「私が口ごたえをすると、幼い刀真を竹尺で叩くの。しつけと言って……止めようとした使用人は片っ端からクビにされた。残ったのは……いろいろ事情があって、祖母に逆らえない者ばかりよ」

今、相楽邸で働いている使用人たちは、全員が家族もおらず、行くあてのない者ばかりだった。

彼らはみんな、表立っては逆らえないものの、裏で姉弟を庇《かば》ってくれたらしい。

そのことに恩義を感じている刀真は、相楽の屋敷に戻ったとき、誰ひとり辞めさせるつもりはない、と宣言したそうだ。

梨絵は使用人たちが、あんなにも刀真の味方をする理由がわかった気がした。

「私が中学に入ってすぐだったかしら、他校の生徒からラブレターをもらったの。間の悪いことに、その場面を祖母の腰ぎんちゃくのような運転手に見られてしまって……。そこから、祖母の折檻《せっかん》がエスカレートしていったのよ」

亜久里はラブレターを取り上げたあと、

『このようなものを渡されるのは、お前が男を誘っているからです。せっかく厳しくしつけてやっているのに。お前の心と身体から、ふしだらな母親にそっくりな部分を排除しなくては』

自分がさも正しいように言い、奈子が高校を卒業して家を出る直前まで折檻を繰り返した。

「高校卒業後は家から一歩も出さない。そんなふうに言われて、私は逃げ出すしかなかった。でも、未成年の刀真を連れて出ることは、どうしてもできなくて……。少し考えたらわかることだったのに。祖母が男という性をどれほど憎んでいたのか」

奈子は悔しそうに唇を噛む。

「それは……刀真さんを、おじいさまの代わりにした、とか？」

梨絵の質問に奈子はうなずいた。

奈子の案じたとおり、亜久里の憎悪はすべて残された刀真に向かってしまう。

刀真の心は三歳のころから徹底的に管理され、自我の領域が萎縮していた。彼の中には、祖母に逆らうという選択肢はなく、まさに言いなりだった。

怒られるのは自分が悪いから。恥ずかしい母親の血を引いているから。父親のわからない子供だから。言葉は鎖のように刀真を縛り、彼は相楽の檻に繫《つな》がれた。

奈子が出て行くと、亜久里の刀真に対する折檻は性的なものにまで及んだ。

亜久里は気に入らないことがあると、使用人の前で刀真を裸にしたという。刀真が使用人たちの視線を受け、動揺して思春期特有の失敗をしようものなら……。

『こんなに大勢の前で、どんないやらしいことを考えているの？　お前は異常な人間ですよ。恥を知りなさい！』

少年の心は何年もの時間をかけ、実の祖母によってズタズタに引き裂かれていった。

「でも、祖母は社会的に認められた人間なのよ。祖父は不倫に、母は非行に走り、私は恩知らずだと言われていた。刀真はすべての意欲を失っていて、祖母の虐待を当然のように受け入れてしまっていたの。だから、保護者を必要としなくなる二十歳まで、待つしかなかった」

刀真が成人したとき、奈子は弁護士を頼んで立ち上がった。

だが、亜久里も虐待など事実無根だと言い張り、頑強に抵抗したという。とうとう、奈子が亜久里を虐待で訴えることに決めた直後、亜久里は脳溢血《のういっけつ》で倒れた。

「私たちはやっと自由になれたわ。でも……」

奈子は大きく息を吐くと天を仰ぎながら言った。

「私はセックスができないのよ。セックスは罪悪だ。男性の身体は凶器だ。そう刷り込まれてしまったから。十年ほどセラピーを受けたけれど……改善されなくて、諦めたわ」

「そんな……諦めたなんておっしゃらないで！」

それでは、亜久里の思いどおりではないか。

梨絵は悔しさに声を荒らげる。

「わかっているわ。でも、苦しいのよ。向かい合おうとするたび、あのころの屈辱を思い出して……。忘れてしまいたいと思うのは、いけないことかしら？」

「……お姉さま……」

奈子の悲しげな微笑みに、梨絵はそれ以上言えなかった。

「でも刀真は違った。私よりひどい折檻を受けたはずなのに……。ドクターやセラピストの予想をくつがえして、かなり早く立ち直ったの。どうしてだかわかる？」

奈子の問いに梨絵は首をふった。

「人生の中で最も幸福だと感じたことを尋ねられて、姫さまをこの手で助けたことだ、と。あの子は何度も嬉《うれ》しそうに繰り返していたわ。祖母の虐待に自我を失いつつあったあの子にとって、凛々《りり》しく美しい暁月城の姫さまは、心の支えだったのよ」

梨絵は心臓が止まりそうなほど、衝撃を受けた。

それが本当なら、自分はなんということをしてしまったのだろう。彼のたったひとつの幸せな思い出を、梨絵は覚えていなかったのだ。刀真とはこの春に初めて出会ったと信じていた。

「すぐにこの町を出るよう薦めたのだけれど、あの子は大学卒業までここに残った。少しずつ自信を取り戻して、仕事に関しては信じられないほど積極的になっていったわ。でも……」

――お前は異常な人間。

奈子と同じように、亜久里の言葉が刀真を縛り続けたのだ。

「自由になって、大学を卒業するまでの数年、あの子は遠くからこの城を……あなたをみつめていた。そのころのあなたは高校生で、きっと、宝物のような存在だった暁月城の姫さまは、恋の対象に変わっていったんじゃないかしら？　だからこそ、私はふたりの婚約がショックだった」

金目当ての梨絵に刀真が傷つけられる。それが怖かったと奈子は告白した。

十五年前、弟がどんな目に遭うかわかっていて、自分ひとり逃げ出してしまった。その後悔が奈子を責め立て、なんとしても刀真を守ろうと先走ってしまい……。

「昨日、刀真に会ったの。あの子の瞳から生気が消えていた……祖母に服従していたときの刀真に戻ったみたいに。絶望的な目をして、やっぱり自分は普通の男には戻れない……諦めるって」

奈子はキッと梨絵を真正面からみつめて言った。

「余計なことは承知のうえよ。刀真にも言われたわ——僕の心配はもういい、と。でも、私にはあの子だけだから……。お願い、梨絵さん、刀真を助けて欲しいの」

「助けるなんて……わたくしにはとても」

梨絵の言葉を聞くなり、奈子は地面にひざまずいた。

そのまま、両手をつき頭を下げる。

「お姉さま！　何をなさるのです。おやめください」

「あなたが私のことを怒っているなら……このとおり、何度でも謝ります。あなたたちの前から消えてもいい」

「怒ってなどおりません。わたくしのほうこそ、お姉さまを傷つけるようなことを言ってしまって……」

王国に奈子が訪ねてきたとき、『先代社長もご自分の思いどおりになさりたいかた』そんな亜久里と奈子は同じだと言ってしまった。

「知らなかったとはいえ、申し訳ございませんでした」

「いいえ。あなたの言うとおりよ。もう、刀真から離れる時期なのかもしれない。だから、最後のお願い。刀真のことを、あなたにお願いしたいの。あなたしかいないのよ！」

奈子のプライドを捨てた告白に、梨絵は——。

第十二章　愛は奪うもの

『えー？　あたしは見てるだけでいいのぉ？』

『いいじゃん、順番順番。あたしが先ね』

ひとりの女が不満を口にしながらベッドの横に立つ。もうひとりの女はさっさと服を脱ぎ、ベッドに腰かける刀真の前にひざまずいた。

女は刀真のバスローブを脱がせ、彼の裸に感嘆の声をあげると、早速ペニスをつかんだ。ためらう仕草も見せず、パクリと咥える。女の口腔《こうこう》内は予想以上にやわらかく、温かかった。

『ねえ、おにーさん。あたしもサービスしようか？』

ベッド脇に立つ女が話しかけてくる。

その瞬間、刀真のペニスに血液が注ぎ込まれた。下腹部が熱くなる。刀真は自分の呼吸が荒くなるのを感じた。

『おにーさんてば！　あたしも、したーい』

『いいから……君はそこに立ってるんだ』

ふたりの女が刀真の身体を舐《な》めるように見ている。その視線に、刀真は使用人たちの視線を思い出す。そして、彼はわずかな時間で完全に勃起した。

女は口を離し、唾液と先走り液で濡《ぬ》れたペニスをつかむと、

『フェラも本番も、ナマのサービス希望だったよね？　じゃ、このまま挿《い》れちゃうからね』

言うなり、刀真に跨《またが》った。

『あーいいなぁ。あたしも早く欲しい～』

もうひとりの声が聞こえる。

（ああ、そうだ。もう少しだ……このまま女の中に……）

そのとき、刀真の耳に恐ろしい声が響いた。

『お前は異常な人間ですよ』

執拗《しつよう》なほど繰り返し、祖母に言われた言葉。それは刀真の心を切り裂きながら、記憶の根底に彫りこまれた。

どれほど消したくても消せない傷――まるで刺青のようだ。

ペニスをつかむ手が若い女のしなやかな指先から、ガサガサの老婆の指に替わった。

そんな光景が目に映り、刀真は呼吸が止まりそうになる。

一瞬であぶら汗が吹き出し、全身がガタガタと震えた。

『あれぇ？　ねぇ、どうしちゃったの？　コレじゃ入らないよ』

高ぶりはみるみるうちに萎えてしまった。

女はそれでも挿入しようと花弁を擦《こす》りつけるが、ソコは死んだようにピクリとも立ち上がらない。

『おにーさん、ひょっとしてED？』

『ビョーキなんだ。かわいそー。あたしが治してあげるってば』

女たちは刀真を見て笑う。

それは、震える刀真を見てニヤリと笑う亜久里の顔と重なった。


「見るな……笑うんじゃない……僕を見るなーっ！」

自分の声にハッと目を覚まし、刀真はベッドから飛び起きた。全身が汗だくだ。パジャマ代わりのTシャツは水をかけられたようにびっしょりで、気持ち悪さにすぐさま脱ぎ捨てる。

（また……あのときの夢か……）

刀真は悪夢を追い払うようにベッドから起き上がり、窓辺に立った。

そこは、梨絵とはじめて夜を過ごした暁月城ホテルのスイートルーム。

彼は梨絵に婚約解消を告げた日から、ずっとここに泊まっていた。祖母を見捨てたと言われてもかまわない。二度と相楽の家には帰らない。そう心に決めたからだ。

六年前、大学卒業を機に奈子の勧めでO市を離れた。

東京で暮らすようになり、奈子も一緒にあちこちの心療内科やセラピストを訪ね歩いた。虐待を受けたことを認め、自分は悪くない、自分の責任ではないと納得するまでに数年を要した。

それでも、どうしても修復できない傷がひとつ。

女性と交際してもセックスができない。どれほど魅力的に感じても、肝心なものが勃《た》たないのだ。

刀真がそれを改善するため、風俗店を利用しようと思い立ったとき、〝視姦《しかん》プレイ〟という言葉を知った。

店の女性に見られながら自慰行為をする、という特殊なプレイ。

試しに、と利用したとき、最後まではいたらなかったものの、刀真の下半身は反応したのである。

にわかに自信が芽生え、彼は思い切ってふたりの女性をホテルの一室に呼び出した。

『金でどんなことでもしてくれる、後くされのない女性はいないだろうか？』

刀真がポロッとこぼした言葉を、当時勤めていた会社の同僚が聞いていて、会員制の交際クラブを紹介してくれたのだった。

しかし結果は――。

窓から暁月城を見下ろし、刀真は窓ガラスをこぶしで殴る。ガツンと音がして、彼はガラスに身体を預けた。

（目の前にあるのに、触れることもできない。やっと自由になれたのに。この身体は、見えない檻《おり》に囲まれたままだ）

交際クラブの女性たちを相手に撃沈したあと、奈子にセラピーをやめたい、と伝えた。どうやっても回復することはない。亜久里の幻影に笑われ続けるくらいなら、セックスそのものから遠ざかったほうがいい。そう結論を出した。

奈子に反対されると思ったが、

『そうね。私も……やめるわ』

姉も何か思うところがあったのだろう。以降、ふたりの間に治療の話は持ち上がらなくなった。

今から二年前のことだ。

（それがまさか……梨絵を抱ける日がくるとは）

暁月城の姫さまがチャイルド王国に勤めているとは、考えたこともなかった。

彼女は文字どおり〝お姫さま〟として暮らしているとばかり思っていた。それが、支配人として梨絵と顔を合わせたとき、彼女は頰を赤らめうっとりしたまなざしで刀真をみつめたのだ。

その瞬間、O市を出るときに諦めた思いが彼の胸に甦《よみがえ》る。

長い間、憧れ続けた気高き少女が目の前に立っていた。彼女はもう、幼い少女ではない。立派な大人の女性として、刀真に向かって優しく微笑む。

刀真が特別な言葉を期待したとき、

『はじめまして、九条梨絵と申します』

それは、頭から冷水を浴びせられた気分だった。

(まあ……当たり前か。それに、アイツの言いなりになっていた僕のことなんか、覚えていて欲しくもないが)

強がってはみたが、やはり悔しい気持ちは否めなかった。その後、梨絵に対する言動が冷たいものになったのは仕方がないだろう。

梨絵の祖父の死を幸運とは言いたくないが、利用したのは事実だ。

そして初めて梨絵と繋《つな》がったとき——刀真は至福の喜びに酔いしれた。

二度目以降も、亜久里の顔を思い出すことはなかった。

(梨絵がひどい女ならよかったのに……。僕のことを、金のために利用する悪女なら)

だが、彼女は無垢《むく》で純粋で——城に残りたい理由も見栄や体裁ではなく、祖母のためだった。

梨絵が仕事を休み始めてすぐ、彼女の祖母・志乃は刀真を訪ねてきた。

『梨絵さんのことを一番に考えてやってくださいませ。わたくしどもは、いつでも城主館を明け渡すつもりでおりますから』

そのときはじめて、夫を亡くして寝込んだ祖母のために、梨絵が城主となったことを知ったのである。

面識のある市長に尋ねたところ、梨絵は父親と一緒に『城主館にだけ残ることはできないか』と役所に掛け合っていた。

だが、法人化した場合、居住はできない、と断られ……。

〝祖母のため〟、その思いを知らず、刀真は梨絵をなじって欲望を吐き出す道具にしてしまった。

会社の実権を手に入れるため、次期社長のイスに近づくため、暁月城の女城主を妻にしたい。そんなものはこじつけにすぎない。

ただ純粋に、梨絵を独占したかった。

金に困っている彼女の力になりたい、それだけの気持ちだったのに……。

亜久里の前に連れて行き、あんな形で抱くつもりなどなかった。

それが、微笑みを交わす梨絵と桂介を見た瞬間、押さえ切れない嫉妬を覚えた。その感情は、亜久里の罵声《ばせい》を浴びたとき――歪《ゆが》んだ形で梨絵に向かい、傷つけてしまう。

だが、梨絵はそんな刀真を許し、愛の言葉までくれたのである。

『刀真……あなた、梨絵さんになんてことをしたの⁉』

スイートルームに引きこもる刀真のもとにやって来たのは、姉の奈子だった。

家政婦のあつ子から連絡を受け、数年ぶりに相楽の家に戻ったらしい。そこで刀真が梨絵に何をしたか……すべてを聞き、驚いて駆けつけてきたのだ。

『どうしたんだ、姉さん。梨絵との結婚に反対していたじゃないか？　僕はもう、結婚はしない……誰とも』

『待ちなさい、刀真。姉さんが悪かったわ。梨絵さんに謝れっていうなら、土下座だってしてくる。だから……』

『別に姉さんのせいじゃない。結局、ムリだったんだ。ふたりきりのベッドじゃ抱くこともできない。僕は、異常なんだよ』

『刀真っ！』

奈子にすべてを諦めることを告げたのはこのときだった。

最後に梨絵に触れたとき、刀真は本気で彼女を抱こうとした。梨絵の気持ちに応えたい。ごく普通に彼女を愛したい、と。

血を吐くような刀真の願いも、神が聞き届けてくれることはなかった。

(僕は梨絵にふさわしくない)

刀真はもう一度、今度は力なくガラスを叩《たた》き……ゆらりと身体を起こし、シャワールームに消えていった。

☆ ★ ☆

「ねぇ、支配人。本当に九条さんと結婚されるおつもりですか?」

久しぶりの王国だった。支配人室までお茶を持ってやって来たのは萌花だ。相変わらず、しなを作り刀真に媚《こ》びてくる。

梨絵には思わせぶりに答えたが、実際のところ、一度だって萌花とプライベートな時間を作ったことなどない。

タクシーで送っていったときも同じだ。萌花の嘘《うそ》が見抜けないほど、刀真の目は曇《くも》っていない。桂介の話を聞くためと、梨絵に少しでも妬《や》かせるための小細工にすぎなかった。

萌花は何かを期待したようだが、到着するなり車から降ろし、刀真は王国に引き返した。

めざわりに思いつつ、刀真が何も答えずにいると、

「だって……お姉さまもずいぶん反対されていらっしゃいましたでしょう？　九条さんには恋人がいらしたんですものね。例の噂《うわさ》が本当なら、支配人のお子さんかどうか、ちゃんと検査されたほうがよろしいんじゃないかしら？」

そんな余計なことまで口にする。

これまでなら、『私語が多いぞ』とひと睨《にら》みするところだが、今日の刀真は違った。

「それは……もし、結婚が白紙に戻れば、君が私を慰めてくれるということか？」

支配人用のイスから立ち上がると、刀真は萌花に近づいた。

すると、あからさまなくらい萌花の表情が変わった。獲物を射程内に捕らえ、舌なめずりする肉食獣のようだ。

そう思った瞬間、萌花の顔が亜久里と重なる。

「もちろんですわ、支配人。あたしがいくらでも慰めてさしあげますから……」

息を呑み、立ち止まった刀真の前まで、萌花のほうからやって来た。

彼女は左手を刀真の胸に置くと、残った手を彼の首に回し、キスをねだった。

(なんて女だ！　いや……こんな女を選べばよかったんだ。そうすれば)

何も考えず、刀真は引きずられるように身を屈めていた。彼の唇に萌花の唇が触れる。

梨絵のキスは甘くて清らかだった。それに比べて、まるで化粧品を舐《な》めているような気分だ。吐き気を感じ、刀真は萌花から離れようとした。

そのとき――。

「刀真……さま」

入り口のドアが開き、そこに梨絵が立っていた。

今まで、こういった状況に陥った経験など一度もない刀真だ。こなれた対応どころか、ただ呆然《ぼうぜん》と立ちすくむだけだった。

「あら、九条さん。どうなさったの？」

絶句する刀真と違って、萌花は勝ち誇ったように彼から離れない。

「支配人から結婚は白紙に戻ったとお聞きしたの。あたしに慰めて欲しいっておっしゃるから……ねぇ、支配人」

――違う。そうじゃない。

反論したいのに言葉が出てこない。刀真は自分の不甲斐《ふがい》なさに顔を背けた。

そんな刀真をどう思ったのか、

「ほら、支配人も何もおっしゃらないわ。出て行ってくださらない？　あたしたちの邪魔をしないでちょうだい！」

　萌花は梨絵に向かって怒鳴った。

（もう……おしまいだ。プライドの高い梨絵なら、黙って立ち去るだろう。愛情もなくなったに違いない。……いや、これでいいんだ。どうせ、僕には……）

　刀真は目の端で梨絵が動くのを捉えた。そのまま出て行くのだろうと目を逸らす。ところが、梨絵は予想外にもつかつかと歩み寄ってきた。しかも、力任せに刀真の胸から萌花を引き剝がす――。

　直後、パンッという乾いた音が支配人室に広がった。

　刀真は頰を叩かれ、びっくりして梨絵をみつめた。

「正式に婚約を解消するまで、わたくしがあなたの婚約者です！　二階堂さん相手に、キスなんてなさらないで！」

　これほどまでに激しい感情を見せる梨絵は初めてだ。その瞬間、姉がすべてを話したのだ、とわかった。

　刀真は深呼吸すると冷酷さを装い、

「いったいなんの真似だ？　誰と何をしようが、君にとやかく言われる覚えはない。邪魔しないでくれな……」

　精一杯の強がりはふいに遮《さえぎ》られた。

それも、梨絵の唇によって。

鼻につく下品な匂いが一掃され、刀真はほんの数秒で甘やかな香りに包まれた。全身から力が抜け、梨絵に押されるかたちで、ソファに座り込む。

彼女の手が優しくズボンに触れた。そこは、萌花とキスしたときとは違い、ファスナーが壊れそうなほど盛り上がっている。

「刀真さまにはわたくしが必要だとおっしゃって。わたくしでないと——こんなふうにはならないのでしょう?」

梨絵の声は子守唄のように慈愛に満ち、刀真にはもう、逆らうことはできなかった。

彼は降参の白旗を振り、梨絵の身体に抱きつく。

「それ以上はダメだ。ああ……もうカンベンしてくれ。僕は……君にしかこうはならない。欲しいのは君だけだ」

細くてやわらかい身体に抱きついたとき、刀真の口から安堵《あんど》の息がこぼれる。

(ああ……梨絵の香りだ。梨絵を愛している。彼女でなければ……だが、僕じゃ幸せにできない)

相反するふたつの思いに、刀真の胸は悲鳴をあげそうなほど痛んだ。

「おわかりになったかしら? 刀真さまにはわたくしが必要なのです。さあ、出て行ってください! それとも……この先まで、ご覧になるおつもり?」

梨絵は萌花に向かって言う。

それはこれまでの梨絵からは考えられない、挑戦的な物言いだ。

萌花はその気迫に押されたのか、何も言い返せないらしい。ほどなく、ヒールの遠ざかる音、続けて激しくドアの閉まる音が支配人室に響いた。

「……梨絵……姉さんから聞いたんだろう？　僕のような男に関わってはダメだ。金はもういい。偽って君を傷つけた慰謝料として受け取ってくれ。あの男のもとに戻ればいい。きっと、君を幸せに」

「わたくしがあなたの心の支えだったと聞きました。……本当ですか？」

刀真は素直にうなずく。もはや、隠す理由もなければ、そんな余裕もなかった。

「だから、あなたを忘れていたわたくしに、あんな屈辱的な契約を？　わたくしを抱いたのは仕返しのため？　それとも」

「違うっ！」

言葉を奪うように叫んだ。

「そうじゃない。チャンスだと思った。君に近づく……自分のものにするチャンスだ、と。でも、抱けるとは思わなかったんだ」

「刀真さま……」

「君にわかるだろうか？　あの瞬間、僕がどれほど嬉《うれ》しかったか。そして、君も初めてだったと知ったときの、気が狂いそうなほどの喜びを。だが、思い続けた〝姫さま〟のすべてを手に入れ……我に返った。まともなセックスができない男なのに、ってね」

手で顔を覆う。せめて、最愛の女性にこれ以上無様な姿を見せたくない。

だが、そんな刀真の願いを梨絵はあっさりと無視した。彼女はズボンのベルトをはずし、ファスナーまで下ろし始める。

「梨絵？　君は、何をしているんだ⁉」

「あの男というのは、桂介先生のことでしょう？　どうしてそんなふうにおっしゃるのです？　わたくしにとって、刀真さまがたったひとりの……。それに、ちゃんと愛していますとお伝えしたのに」

グレーのボクサーパンツはしっかりとテントを張り、先走り液に濡《ぬ》れて色が変わっていた。

梨絵は真っ赤になりながらも、下着の中に手を入れ、そそり立つペニスを素手で摑《つか》み取り出した。

「り、梨絵……ここは支配人室なんだぞ……」

刀真の声は裏返っていた。

「わたくしには、チケット売り場であんなことをなさったくせに」

「君を……脱がしたりはしてない。これじゃ……もし、ドアを……クッ！」

たどたどしいながらも上下に擦り始める。優しい愛撫《あいぶ》に刀真は唇を嚙《か》みしめ、快感をやりすごそうとする。

刀真はドアのほうに背中を向けてソファに座っている。とはいえ、室内に誰かが入って

来たら、下半身を露出していることはわかってしまうだろう。それ以前に、この淫らな空気に気づかないわけがない。

梨絵が積極的に見えるこのスタイルでは、彼女にもとんでもない評判がたつはずだ。なのに、怯《ひる》む様子はまるでない。

「鍵をかけていませんから……誰かがドアを開けてしまうかもしれませんね」

むしろ楽しそうな声色に、刀真は呆気《あっけ》にとられ、されるがままだった。

「あの……刀真さま、もっと硬くなってきました。……舐《な》めたり、咥《くわ》えたりしたほうがいいですか？」

「ま、待て、それは……ダメだ。そんなことをされたら……すぐにイキそうだ」

無邪気な誘惑に刀真の神経が焼き切れてしまいそうだ。

「では、わたくしが上に乗ってもよろしいですか？」

刀真の返事を待たず、梨絵はデニムのタイトスカートに手を入れ、ショーツを引き下ろすと足からはずした。

実に大胆な仕草だが、彼女の指は震えている。

「梨絵……ムリはしなくていい。そんな、僕に合わせるために」

「ムリではありません！　わたくしはあなたが欲しいのです。そのためなら、どんなことでもいたします」

「こんな、情けない男でも？　人に見られることで興奮して、いざというときには、祖母の手を思い出して萎えるような男が……本当に好きか？」

　ソファの軋《きし》む音が支配人室に広がる。

　梨絵は足を開き、ソファにひざをつくと刀真に跨《また》がった。梨絵の細い指が、ふたたび刀真の猛りをつかんだ。

「わたくしが触れてもダメですか？」

「いや……ご覧のとおりだ。君のことが欲しくて我慢できない」

　彼女にも充分な愛撫を、そう思ったが、不要だとすぐにわかった。

　軽く揺するように腰を動かし、梨絵は刀真を飲み込んでいく。そこはすでに彼を迎え入れる準備が万端に整っていた。

　だが、自分から腰を落としたのは初めての経験だろう。違和感を覚えるのか、梨絵は浅い呼吸を繰り返した。

「梨絵、つらいなら抜いてもいいんだ」

「いいえ……刀真さまが好きです。心から、愛しています。お願い、婚約解消なんておっしゃら……」

　愛の言葉を刀真はキスで封じた。

「愛してる。君を愛してるんだ。梨絵……永遠に僕のものになってくれ！」

「刀真さま、信じてよろしいのですか？」

「ああ、君には敵わない。それに……もう、持ちそうにない。あぁっ……クソッ！」

刀真が愛を告げた瞬間、梨絵の中が強く締まった。

ここまで相当の我慢を重ねてきたのだ。これ以上は一秒も持たないとばかり、激しい興奮が熱い塊を駆け抜け、梨絵の体内で噴き出した。

第十三章　新しい快楽

『君を愛してるんだ』

彼の告白が聞こえ、梨絵は思い切り抱きついていた。すると、彼女の下半身を貫く熱い杭が、はっきりとわかるように痙攣《けいれん》して――。

そのときだ。梨絵の耳にノックの音が聞こえた。

「あ……待って、刀真さま、誰かが……あぁっ！」

刀真は夢中で何も聞こえていないらしい。

「失礼いたします。支配人……あ、の」

ドアが内側に開き、入って来たのは事務室長の荒瀬だった。

定年間際の彼は、ありえない出来事に口を開けたまま呆然《ぼうぜん》と立ち尽くしている。

梨絵は「きゃっ」と叫び、刀真の胸に顔を埋めた。その瞬間、彼女の内部で刀真自身が荒々しく脈打ち、飛沫《ひまつ》が渦まいた。

射精が始まると男性の意思ではコントロールできないと聞く。そんな医学知識が頭をよぎるが、この状況ではあまり役に立つとは思えない。

その時間はおそろしいほど長く感じた。

だが、実際には三十秒も経ってはいなかっただろう。

「ああ、荒瀬さん。見てわかるとおり、仲直りの最中でね。申し訳ないが、急ぎでなければ明日に回してもらえるかな？」

刀真はいつもどおり冷静沈着な声で答えた。

「はっ……はいっ！　し、失礼、いた、いたし」

「言うまでもないが……ほかの従業員には内緒で頼む。それと、誰も二階に上がってこないように言ってくれ。王さまの命令だ、とね」

「はい、はい、わかりましたっ」

荒瀬は転がるように廊下に飛び出した。

（信じられない……先ほどの刀真さまとは別人みたいだわ）

萌花とのキスシーンを見られただけで、あれほど動揺していたのに。梨絵はそんな気持ちで、あらためて刀真の顔をみつめた。

「どうしたんだ？」

「だって、二階堂さんとのキスをわたくしに見られたときは、言葉を失っておられたでしょう？　でも今は……」

梨絵の疑問に刀真はあっさりと答える。

「そんなことは決まってる。相手が君なら、誰にも隠す必要はないだろう？　それに、二階堂とのアレをキスだなんて言わないでくれ」

「唇を重ねていたのですから、キスでしょう？」

「口が当たっただけだ。キスっていうのは、こういうヤツのこと……」

ふたりは自然に唇を重ね、梨絵は侵入してきた刀真の舌を、自らの舌先で迎え入れた。

強く吸われ、唾液の絡む音がして……。

直後、ドアの向こうから話し声が聞こえた。

「いやだ……荒瀬室長、ドアを閉めずに行ってしまわれたのですね」

ドアが半分ほど開いたままだ。そのせいで、廊下の話し声が筒抜けだった。

階段の下では「二階に上がるなってどういうことですか？」と鼻息も荒く、萌花が荒瀬に嚙《か》みついているようだ。

ひょっとしたら、様子を探りたくて荒瀬を二階に行かせた張本人なのかもしれない。

梨絵がそう話すと、

「だろうな。だが、下の声が筒抜けということは、この部屋の声も下まで届くんだろうか？」

「わたくし……そろそろ。あ……やぁん！」

とたんに恥ずかしくなり、梨絵は刀真から降りようとした。

だが、それと同時に梨絵の中に収まったままのソレが、ふたたび膨らみ始めたのだ。

「刀真さま、あの、また」

「ああ、そうみたいだ。僕を誘惑したのは君のほうだよ。コイツが満足するまで付き合ってもらうぞ」

「でも……声が。あの、ドアを閉めてき……あぁっんんっ！」

「もう遅いよ。そんな声を出したら、下まで聞こえるぞ」

梨絵は声を抑えようと、刀真にキスを求め――彼も応えたのだった。

☆　★　☆

「その女は、いったい誰なのです⁉」

亜久里の部屋に彼女の怒号が響いた。

梨絵にとって二度目の相楽邸訪問。そして、今回は奈子も一緒だった。

「いつから、こんな状態なんだ？」

きつい口調で刀真に問いただされ、執事の落合は小さな身体をビクビクさせながら答えた。

「今年の春、刀真さまがお戻りになったころでしょうか……」

変化のない日常を繰り返しているときは、誰も気づかなかったという。

それが、刀真の帰宅で亜久里の日常が変わり――『刀真はまだ学校から戻らないの？』そんなことを聞くようになったらしい。

「ご病気でお倒れになったあとは、記憶が混乱されることもままありました。それでも、私どもの顔や名前を覚えておられましたので、つい、そのままに」

亜久里の部屋で刀真は梨絵を抱いた。

あのときは興奮のあまり喚《わめ》いていたが、しばらくして落合が亜久里の部屋を訪れると、彼女は信じられない言葉を口にしたのだ。

『刀真はまだ学校から戻らないの？』と。

「では、おばあさまは先日のことを何も覚えていらっしゃらないのね」

梨絵はホッとすると同時に、大きな脱力感を覚える。

奈子から刀真と三人で相楽邸に行って欲しい、と言われたとき、梨絵は躊躇《ちゅうちょ》した。あの日のことは、使用人たちはもちろん、すでに奈子も知っている。とはいえ、先日と同じ勢いで亜久里から罵《ののし》られたら、さすがにいたたまれないと思っていた。

だが、もうその心配はなくなった。

「そうみたいね。最初のときは会わずに帰ったから、何も気がつかなかったんだけど……。昨日、久しぶりに顔を合わせたら、このとおりよ」

亜久里は奈子に向かって、

「あたくしは許しませんよ！　母親に逆らうなんて……。なんですか、清美！　そのハレンチな服を脱ぎなさい！」

グレーのタイトスカートスーツ、インナーは黒。今日の奈子は梨絵のもとを訪れたときとは違い、キャリアウーマン風に戻っていた。

だが気になったのは、亜久里が奈子を『清美』と呼んだことだった。

「お姉さまのことを、亡くなったお母さまと混同されていらっしゃるの？」

「らしいな。この調子で、僕らにしたことなんか、キレイさっぱり忘れたんだろうな。うらやましい話だよ」

刀真は亜久里を見るのも嫌だとばかり、吐き捨てるように言う。

だが、奈子の声色のほうが憎悪に満ちていた。

「まったくだわ。神様も不公平ね」

彼女の憎しみは深く——亜久里がしゃんとしているうちに、会社の実権を奪いとり、報復してやりたかったとつぶやいた。

そんな孫たちの視線など意に介さない様子で、亜久里は自分勝手な言い分を喚き続けている。

刀真は梨絵の手を取ると、亜久里に背を向けた。

「よくわかった。落合、この件は君に一任する。専門の介護士が必要なら雇い入れてくれ」

落合は頭を下げながら「承知いたしました」と答える。

「それから、僕は結婚したら九条姓になる。僕も姉さんもこの家には二度と戻らない。だが、ばあさんが死ぬまで、この家は処分しないし、君たちの給料も払い続けるから安心してくれ」

今度は何も言わず、落合は深々と頭を下げるだけだった。

そのとき、開いた窓の外、庭の木々にとまったセミが一斉に鳴き始めた。

暁月城も市街地のわりに緑が多く、暑くなるとセミの鳴き声はうるさいほど聞こえる。

だが、セミに負けないくらい城の周囲には人も多かった。

それに引きかえこの相楽邸は、水を打ったように静まり返っている。

この落合も、あつ子をはじめ家政婦たちも、まるで亜久里の死を待つだけのような顔をしていた。

(皆さんで、この屋敷をおばあさまの棺にされるおつもりなのだわ。悲しい思い出とともに。でもそれは、正しいことなの？)

梨絵が母から亜久里の存在を聞き、刀真が祖母のことを話してくれない理由を考えた。

あのときは相楽家の事情など知らず、亜久里が梨絵との結婚に反対なのだろう、と思い込んでいた。

そんな話を祖母の志乃にこぼしたとき、

『望まれていない、と思えば、それはとても辛い人生になります。人にはやはり、〝報われる〟ことも大事ですもの。だからこそ、笑顔でいなくてはね。旦那様が多くのかたに慕われたのは、多くのかたを笑顔で受け入れたからなのですよ』

身分の違いをとやかく言われ、志乃なりに迷い苦しんだであろうと思う。でも志乃は、祖父の笑顔と感謝で〝報われた〟という。

果たして亜久里は一度でも〝報われる〟という経験をしたのだろうか？

「なんですか、その態度は！　誰も彼も、あたくしを馬鹿にして……こんなに会社を大きくしたのはこのあたくしですよ！　あなたまで、あたくしを捨てて、そんな女と」

憎しみのこもった亜久里の言葉が聞こえたとき、梨絵は引き返していた。

前回とは違い、今日の梨絵は黒に近い濃紺のセーラーワンピースを着ていた。襟部分と胸元に結んだリボンは白。バッグとローヒールの靴も白で合わせてある。

少なくとも、不快感を与える服装ではないはずだ。

「はじめまして、おばあさま。わたくしは九条梨絵と申します。このたび、刀真さまと結婚させていただくことになりました」

初対面の挨拶にふさわしい格好で、梨絵はゆっくりとお辞儀をした。

そんな彼女の肩に刀真は手を添えて、

「君の誠意が伝わる相手じゃない。あとのことは、専門の医者に任せよう」

「ですが……」

梨絵が口を開こうとしたとき、

「九条？　ああ、なんということかしら、刀真まで城に住む淫売に連れて行かれるなんて」

刀真の表情が一瞬で険しくなり、亜久里に向かって怒鳴り返そうとする。

だが、それより早く、梨絵は亜久里のベッドに近づいたのだ。スッと身を屈め、亜久里の手を取った。

「おばあさま……わたくしは誰も奪ったりはいたしません。刀真さまには九条の名前を継いでいただくことになりました。ですが、わたくしはこちらのお屋敷にお嫁に参りますので、ご安心ください」

「梨絵っ！」

あからさまに反対と叫ぶような刀真の声が聞こえる。

ひと呼吸置いて、亜久里が口にした言葉は——。

「奈子と刀真はまだ学校から帰らないの？　あの子たちはあたくしのものよ！　絶対に逃がすものですか……」

亜久里の魂は孤独に縛られているのだ。

誰にも望まれない。誰もが亜久里を置いて去って行く。〝報われない〟思いは凶器となり、幼い姉弟を苦しめ続けてきた。

梨絵の背後で、刀真と奈子は息を呑んでいる。

「おふたりとも戻ってこられますよ。おばあさまが、愛しているから傍にいて欲しいと伝えたなら……いつか必ず」

今すぐでなくとも、きっといつか。

梨絵はその言葉を胸の中で繰り返した。

「君は人が良すぎる。アイツは山姥《やまんば》なんだぞ。うかつに近寄ってみろ、どんな目に遭わされるかわからない。僕は自分の子供だけは、ばあさんに近づけたくないんだ！」

少し歩きたい、と言った梨絵のため、ふたりは母屋から正門まで繋《つな》がる石畳の上を歩いていた。

刀真は勝手に亜久里との同居を宣言した梨絵に対して、憤懣《ふんまん》やるかたない様子だ。

そして奈子も、

『さすが暁月城の姫さまね。私たちとは人間の出来が違うわ。そうね……あの女が土下座して許しを請うなら考えてやってもいいけど。私が一緒に住んだら、あの女の首を絞めてしまいそうよ。まあ、せいぜい頑張りなさいね、刀真』

梨絵の言葉に呆《あき》れた口調で、奈子はさっさとタクシーを呼び、仕事に戻っていった。

「おばあさまも、生まれたときから山姥ではなかったと思います。それに、たとえどんなひどいことをなさっていても、刀真さまのおばあさまはたったひとりなのですから」

「うちのばあさんは、君のおばあさまとはわけが違うんだ」

「違うと思えば違うし、同じと思えば同じに見えるものではないかしら？」

刀真は石畳を踏みしめるように歩きながら、梨絵の数歩先で立ち止まり、振り返った。

「君は、祖母上のために城主館に残ろうとしたんだってね。僕にとって祖母とはあのとおりだから、考えてもみなかった。勝手な思い込みで、ひどい言葉をぶつけてすまない」

「……刀真さま……」

「それと……覚えていないとはいえ、ばあさんに見せつけるように君を抱いた。本当に悪かったと反省してる。その……僕も土下座すべきだろうか」

梨絵はクスッと笑いながら、刀真の腕に手を回し、身体を寄せた。

「いいえ。その代わり、今夜はわたくしの言うとおりにしてくださいね」

「今夜でなくとも、僕はいつだって君の言うとおりさ」

梨絵の耳たぶに軽くキスして、刀真は答えたのだった。

☆★☆

その夜、梨絵は二度目の外泊をした。

そこはふたりが最初に過ごしたスイートルーム。

灯りを落とした室内に、大型の液晶テレビから大勢の話し声が流れる。画面いっぱいに映し出されているのは、六月に行われた婚約披露パーティの模様だ。

今夜の梨絵はバスローブ……ではなく、刀真がプレゼントしてくれたパーティドレスを着ていた。エンゲージリングはもちろん、アクセサリーも同じようにつけている。髪はアップにして、足もとはハイヒールだ。

一方、刀真もきちんとタキシードを着込んでいた。

「刀真さま。ここでは、ちょっと……ほかの皆さんに気づかれてしまいます」

梨絵は大きな窓ガラスに手をつき、身体を押し付けられていた。

背後から刀真が覆いかぶさる。彼は右手でドレスの裾《すそ》をたくし上げ、梨絵の太ももをゆっくりと撫《な》でさすっていた。

「こんな窓際でやっているとは誰も思わないさ。ああ、今夜はガーターベルトをはめてるんだね。はずしてしまいたくなるな」

「やぁ……ん。お願いですから、それだけは。こんなところでストッキングが足もとにずり落ちてしまったら」

「じゃあ、代わりにショーツを脱がしてしまおうか？」

「いやぁっ！」

梨絵が身をよじると同時に、刀真の手が腰に届き、ショーツの横にあるリボンをつかんだ。

リボンは簡単にほどけ、「きゃ」梨絵は小さく悲鳴をあげる。その場所にエアコンの冷気を感じ、彼女はゾクッとした。

「もう片方もほどいたら、ストッキングより恥ずかしいものが足もとに落ちることになる」

「刀真さま……ひどいわ」

梨絵の耳たぶを軽く甘嚙《あまが》みし、

「そうだよ。僕はひどい男なんだ」

低く掠《かす》れた声でささやきながら、残ったリボンもほどいた。白いレースの布切れがフワリと風に舞いながら、梨絵のハイヒールの上に落ちる。

その直後、テレビのスピーカーから一際大きな歓声が上がった。

「……！」

「さて、周りの連中も気づいたかな？　君の落とし物に」

「いや……拾ってくださいませ」

「その前に、君の落とし物かどうか、ちゃんと確認してからだ」

言うなり、刀真は指を梨絵の無防備な場所に押し当てた。

茂みをかき分け、花びらをめくり、そして花芯を見つけだす。敏感な部分を親指と人差し指で弄ばれ、彼の中指は甘い蜜の在り処を求めてさまよった。

「あっ、ん……だめぇ、刀真さま……わたくし、もう」

「確認しているだけだよ。大勢の前で感じたりするんじゃない。我慢するんだ」

言葉とはうらはらに、刀真は指先を器用に動かし、梨絵を責め立てる。

彼女はとうとう、「はぁうっ！」短く声を上げ、両ひざを震わせた。透明な蜜が彼の指を濡《ぬ》らし、さらには絨毯《じゅうたん》の上に滴り落ちる。

「我慢の足りないお姫さまだ」

彼は左手で布地越しに梨絵の胸を揉《も》み、硬くなった先端を抓《つま》んだ。

ピリッとした快感が走り、梨絵は吐息を漏らす。

「ここも気持ちがいいらしい。君はとんでもなく感じやすい身体をしているね」

「わたくしを……こんなふうにしてしまわれたのは、刀真さまです」

「だったら責任を取らないといけないな。……どうして欲しい？」

刀真はドレスの襟を押し下げ、そこから手を差し込んで梨絵の乳房にじかに触れた。肩口に熱い唇があたり、小さな痛みが走った。

「あ……見えるところは……お許しください」

少し移動して、同じ仕草を繰り返すのだ。彼は梨絵が自分のモノだといわんばかりにキスの刻印を押して回った。

「どうして欲しいか言わないと、首筋にもキスマークをつけるよ」

「……抱いてくださいませ……」

「抱く？　ここで？　招待客のすぐ近くで君の中に押し込んで欲しいのか？」

「は……い。見られてもかまいませんから、今すぐ、石垣のところでわたくしを奪ったように……うしろから」

「うしろから？　どうするのか言ってくれ」

梨絵のヒップにはすでに硬いモノが当たっている。

あとはドレスのスカート部分をめくり上げるだけなのに、どうしても梨絵の口からねだらせようとするのだ。

「刀真さまの……熱いものをわたくしの中に」

そう口にした直後、刀真の愛の証が梨絵の中に滑り込んできて……ふたりはこれまで以上に密接な時間を過ごしたのだった。

リビングのテレビからはエンドレスでパーティの映像が流れている。

そんな中、

「もう、はずしてもかまいませんよね」

ふたりは全裸で寝室のベッドにいた。

梨絵は刀真の目隠し――ネクタイをほどく。

「ネクタイにシワがついてしまって。今度はアイマスクでも用意しましょうか？」

「そうだな。ネクタイは〝目隠し〟より〝縛る〟ほうが正しい使い方かな？」

珍しく軽い冗談を口にしながら、刀真は梨絵に抱きついてきて……ふたりはベッドの上に転がった。

これが梨絵のお願いした〝言うとおり〟だ。

『車の中でも大丈夫でしたし、本当に見られていなくても……。見られるかも、というシチュエーションではいかがでしょうか？』

編集前の、雑音の入った婚約披露パーティの映像を、大型テレビでかけっ放しにする。

ふたりの衣装はパーティのときと同じだ。そして、パーティ会場を少しだけ離れて、窓際で刀真に迫られている――というシチュエーション。

『いろいろ目に入らないほうが、いいのではないかと思って』

そう言って、梨絵は刀真に目隠しをした。

結果は……。

ベッドの上、という願いは叶えられなかった。

でも、ふたりきりのスイートルームで、刀真と最後まで結ばれることができたのだ。梨絵はこの上なく満たされていた。

刀真のほうも嬉《うれ》しくて堪らないらしく、上機嫌だった。

彼は裸の梨絵を抱きしめたまま、少し汗ばんだ肌に頬をすり寄せてくる。片時も離れようとしなくて、少し梨絵を困らせていた。

「もう、刀真さまったら。そのときは、わたくしがあなたを縛りますからね」

「怖いな……でも、君にならら縛られてもいい。なんでも言うとおりにするよ。お姫さま」

「違います！　わたしは」

「ああ、君は縛られるほうがいいんだ」

クスクス笑いながら、意地悪っぽくささやく。

「刀真さま！」

梨絵は怒ったような声を出そうとしたが……自然と頬が緩んできてしまうので、まったくそんなふうには聞こえないだろう。

「そういえば……婚約発表の夜も、君はずいぶん感じていたね？　こんなふうに言われるのも好きだろう――私の言うとおりに脚を開くんだ。とか」

あの夜を思い起こさせるような、硬質の声が耳のすぐ傍で響いた。

不覚にもときめき、下腹部に快感のさざ波が立つ。その反応が恥ずかしくて、梨絵は思わず黙り込んだ。

刀真は彼女が本気で怒ったと思ったのだろう。

「すまない、調子に乗ってしまった。ほんの冗談なんだ、許して欲しい。……梨絵？」

慌てて謝り始めたが、すぐに梨絵の反応に気づいた。

「梨絵……怒っているわけじゃない、のかな？」

控えめに彼は梨絵の身体を撫でる。

全身をピクピクと震わせた直後、刀真は脚の間に指を押し込んできたのだ。

「あ……いやぁ、ダメ」

「すごいな、また溢《あふ》れてきた」

刀真はひざの上に、梨絵を横抱きで乗せ、ふたたび愛撫《あいぶ》を始めた。

(さっきあんなに感じたばかりなのに。わたくしの身体はどうなってしまったの？)

梨絵は自分の変化が信じられない。

これまで、性欲や性衝動など感じたこともなかった。それなのに、刀真に出会い、彼に抱かれて何かが目覚めてしまったようだ。

「何が嫌なんだ？　こんなにグッショリにして。正直に言いなさい。君は恥ずかしい言葉で責められるのが好きなんだろう？」

刀真はわざと言っている。

それがわかり、梨絵はうなずきながら涙をこぼした。

「そう……みたいです。わたくし、冷たい刀真さまも好き。お願いですから……軽蔑《けいべつ》なさらないで」

感じてしまう自分の身体が恥ずかしくて、梨絵はいたたまれない気持ちになる。

すると、本気で泣き始めた梨絵に刀真は驚きの声をあげた。

「どうしたんだ？　濡《ぬ》れやすくて感じやすいなんて、最高だよ。泣くようなことじゃない」

「でも、すごくいやらしい身体になってしまったみたいで。優しい刀真さまが好きなのに、冷たい言葉にも反応してしまって。わたくし、どうしたら」

刀真は至福の笑みを浮かべ、

「愛し合うときのスパイスにすればいい。特別なことじゃないさ。ふたりでタップリ楽しもう」

「刀真さまは嫌ではありませんか？　わたくしのこと、おかしいとは……」

「まったく思わない」

ごく自然なことのように言われ、梨絵の心は一瞬で軽くなった。

そして、

「よかった。では、わたくしたちは同じですね」

「同じ？」

「わたくしも……昨日はドキドキして、室長とはしばらく顔を合わせられません。でも、刀真さまと一緒なら平気です。それに、さっきのように愛し合うのも、とてもよかったから……」

次の瞬間、刀真の頬が歪《ゆが》み、梨絵に抱きついた。

ふたりは言葉を交わさぬまま、梨絵は小刻みに震える刀真の背中を優しくさすり続けたのだった。


誰にも邪魔されない、静かな時間がふたりの心を愛で満たしていく。

「刀真さま……のどが渇きませんか？」

「ああ、すまない。つい」

刀真は梨絵から離れ、ベッドからシルクのスローケットを引き抜くと彼女の身体を包み込む。

「ちょっと待っててくれ。あとで一緒にシャワーを浴びよう。それから……夜はまだまだ長い」

その言葉に梨絵は頬を染めてはにかんだ。

刀真はベッドから下り、一旦部屋を出ると、白いバスタオルを腰に巻いてすぐに戻ってきた。手にはスポーツドリンクのペットボトルがある。

(刀真さまは、本当に美しい男性だわ)

亜久里のもとを離れてから、おそらく懸命に身体も鍛えたのだろう。キレイに割れた腹筋と腰骨のラインを梨絵はうっとりとみつめた。

(愛し合っているのですもの。みとれていても、叱られたりしないわ)

刀真は途中で立ち止まり、

「何を見てるんだい?」

「刀真さまの裸です。だって、全身が鍛え抜かれた日本刀みたいで」

「ココはもっと鍛えないとダメだな」

刀真は笑いながらバスタオルに隠れた部分に視線を向けた。

「ソ、ソコも充分に素敵です!」

そう宣言しつつ、

「だから……ほかの女性で鍛えたりなさらないでね」

言いたいのはそちらのほうだ。

すると、刀真はペットボトルをサイドテーブルに置き、梨絵に手を差し伸べ、スローケットごと正面から抱き上げた。

そのまま、ゆっくりと床に下ろす。

純白の薄い布は、まるでウエディングドレスのようにふわりと広がった。

「この命が尽きるまで君を愛する。そして、この身が朽ち果て魂となっても、何千年先まで私たちの子孫と暁月城を守り続ける」

刀真はひざまずき、梨絵の手の甲にくちづけた。

「最愛の姫に誓う――私は永遠に君のものだ」

ふたつの影は重なり、ひとつになった。

城を照らすライトがやがて消え、窓から射し込むのは仄かな月明かり。淡くとも幸福に満ちた光にふたりは包まれ――愛は苦悩を〝快楽〟へと導いた。

番外編一　白無垢の姫を愛す

夕日川を下る花嫁舟《はなよめぶね》。船頭が舟を操り、白無垢《しろむく》の花嫁と羽織袴《はかま》の花婿が乗る。花婿の手には、舟用に改良された小ぶりの赤い野点傘《のだてかさ》が……秋の陽射しから花嫁を庇《かば》うように、そっと差しかけられていた。

土手はもちろんのこと、沿道にも黒山の人だかりができている。花嫁舟が川を渡る間、川沿い道路では車両の通行が規制され、そのために警察まで出動しているのだ。

だがそれも、仕方のないことだろう。

なんといってもこの花嫁舟に乗っているのは、O市が誇る暁月城の第十三代城主——九条梨絵。

気高く、美しく、彼女を知る多くの人間が慕ってやまない『姫さま』である。

花婿である相楽——いや、朝一番で入籍して九条刀真となった彼は、沿道の人々に恥ずかしそうに手を振る妻の横顔をジッとみつめ、喜びに浸っていた。

(とうとう、手に入れた。愛する姫を妻にしたんだ……夢のようだ)

長年、憧れ続けた女性。彼女を自分のものにできるなら、命すら投げ出しても悔いはな

いと思った。

そんな梨絵は、代々受け継がれた白無垢に身を包み、刀真に零れんばかりの笑顔を向けてくる。

絹糸に銀糸を混ぜ込んだ手刺繡《ししゅう》の逸品だ。ただ、江戸時代中期の品なので風合いは落ちているように思う。だが、梨絵が身につけると、経年劣化を感じさせない気品があった。

何も言わずにひたすらみつめていると、

「刀真さま、そんなふうにご覧にならないで……恥ずかしい」

梨絵は頰を赤く染めながら、刀真に寄り添った。

「私に見られるだけで恥ずかしいだって？　それは聞き捨てならないな」

「そうはおっしゃいましても……あの……いつも、車の中でわたくしをご覧になるような視線なのですもの」

彼女は耳まで赤くして答える。

そこまであからさまな視線を向けたつもりはなかったが、思えばここひと月、ほとんど愛し合っていない。梨絵は結婚式の準備が忙しく、刀真はハネムーンのために二週間の休暇を取ろうと必死で仕事を詰め込んだせいだった。

「ああ、なるほど。夜まで我慢できない、ということか」

「違います！　わたくしではなく、刀真さまが……」

「本当に？」

刀真は野点傘をたたみ、舟の床に下ろした。そして、空いた手を梨絵の肩に回す。

その瞬間、見学者からひと際大きな歓声が上がった。

野点傘がなくなったせいだろう。橋の下をくぐるたび、桜に似た花びらがひらひらと舞い落ちてくる。フラワーシャワーが降り注ぐ中、刀真は彼女の耳元に唇を寄せた。

「さすがに車の中と同じことはできないな。梨絵、早くふたりきりになりたい」

梨絵は困ったような、それでいて嬉《うれ》しそうな表情をして見せる。

「わたくしも……。で、でも、恥ずかしいことは、今日はダメです。今日は、わたくしたちの結婚式ですから……披露宴もこれからですし……」

結婚式そのものは、午前中に暁月城ホテルの神殿で挙げた。

普通なら続けて披露宴を行うものだが、城主の梨絵は一度城に戻るという決まりがあった。ホテルから城まで花嫁行列のように歩いて移動し、天守閣でご先祖に城主の結婚を報告する。そのあと、この由緒ある白無垢に着替えて花嫁舟で夕日川を下り、ちょうど暁月城の裏手あたりで舟を降りる段取りになっていた。

そのまま、城郭にある能舞台の見所《けんしょ》の一室で休憩を取り、普段着に着替えたあと、披露宴を行うために暁月城ホテルへと向かう。

本当にふたりきりになれるのは、おそらく日付の回ったころになるだろう。

「待ちきれないな。キスくらいしてもいいだろうか？　きっと、沿道の人たちも大喜びすると思うんだが」

そんなことを言いつつ、梨絵の唇とジッとみつめた。

「いけません！　もう、本当に……困らせないでください、刀真さま」

本気で怒らせたり、泣かせたりしてはシャレにならない。

刀真は彼女の手を握るとそっと自分の唇に寄せ、騎士のように手の甲に口づけた。もちろん、その仕草だけであちこちから悲鳴にも似た歓声が上がっている。

「これくらいならいいだろう？　奥さん」

「もう……刀真さまったら」

怒ったように唇と尖《とが》らせつつ、瞳の奥には艶めいた色合いを覗《のぞ》かせる梨絵だった。


九条家が暮らす城主館は、出入り口が狭い上に天井が低い。豪華な花嫁衣装に身を包んだ梨絵では動きにくいだろう、ということで、見所を控室代わりに使うことになった。

その隅にある独立した一室が、刀真と梨絵の控室だ。十畳の和室は、ふたりで能舞台を観賞するときは広く感じていた。しかし、今日ばかりは着替えのための衝立が置かれ、白無垢をかけるスペースも取ってあるので手狭に感じる。

刀真は会社関係の報告を聞くため、舟を降りてすぐ梨絵と離れた。

そして控室に向かう途中で、最も会いたくない人物と顔を合わせてしまったのだった。

「相楽さん、このたびはご結婚おめでとうございます」

秋晴れの空を思わせる、てらいのない笑顔で声をかけてきたのは、かつて梨絵の家庭教師を務めたこともある池田桂介。

刀真が桂介を避ける理由は、彼が梨絵の〝初恋の人〟という一点につきる。

「幸せいっぱいの梨絵ちゃんを見られて、本当によかったです。志乃おばあちゃんの嬉し涙に、僕もついつい、もらい泣きしてしまって……」

そう言うと桂介は鼻を啜《すす》った。目もうっすらと充血している。

（本当にそれだけなのか？　梨絵は、子供扱いしかされなかった、と言っていたが……）

梨絵を信じていないわけではなく、ただ、〝初恋の人〟に嫉妬しているだけだった。

刀真は姿勢を正し、できる限り感情を抑えた。

「本日は式からご参列いただき、ありがとうございました。夕方から行われる披露宴では、梨絵の最高に幸せな姿をお見せできると思います。彼女を幸福にできるのは、私だけですから」

桂介の出番は永久にない。梨絵がふたたび桂介のほうを向くことはあり得ない。本音はそんなところだ。

するとーー。

「相楽さん！」

何を思ったのか、桂介はいきなり刀真の手を摑《つか》んだ。

刀真は思わず後退しそうになるが……桂介は両手で握り締めたまま、目を潤ませながら、手を上下にぶんぶん振り始めた。

「身内でもない僕が言うのもなんですが——本当にありがとうございます！　梨絵ちゃんは本物のお姫様だから、すべてを背負ってもの凄く頑張ってて……でも、そんな姿を見てるのはつらかった。あなたのような人と出会い、恋をして、夢中になる彼女を見るのは本当に嬉しいんです。どうか、幸せにしてあげてください‼」

「……は、はい……」

「いやあ、結婚っていいですね。実は、僕にも長年片思いしてきた女性がいたんですが、ボヤッとしてる間に他の人と結婚してしまったんです。でも独身に戻ったと聞いたんで、今度こそチャレンジしてみようと思います！」

「え？　あ……それは、いいですね。ぜひ、頑張って下さい。応援してます」

予想外のセリフを聞き、刀真は驚いたものの、すぐさま同意する。

桂介が梨絵以外の女性と結婚したいと言うなら、それに勝ることはない。刀真は桂介に負けないほどの笑顔を作り、妻を持つことの喜びをここぞとばかりに語ったのだった。


刀真がご機嫌で控室に戻ると、部屋には梨絵と三人の女性がいた。ホテル専属の美容師と着付け係、そして花嫁付き添い人だ。

梨絵は地毛結いの日本髪から櫛《くし》やかんざしを取ってもらい、純白の掛下《かけした》姿になって、ようやくひと息ついたようだった。

「どうやら、戻ってくるのが早かったようだ。その掛下も脱ぐなら、私は邪魔だろう？」

日本髪をほどいたあと、シュシュで緩く髪を纏《まと》めている。

白無垢用の化粧も落としたらしく、今の梨絵はノーメイクに近い。だが、ほとんど変わらないように感じるのは、愛の魔法……ではなく、彼女が本当に美しいせいだ。

とくに、うなじに纏わりつく後れ毛が妙になまめかしく、刀真の欲情を煽《あお》った。

「もう少し、外で時間を潰してくるとしよう」

「お待ちください！」

興奮を隠しながら、慌てて出ていこうとした刀真を梨絵が呼び止める。

「あとは自分でもできますから、刀真さまもお疲れでしょう？　どうぞ、お座りになって」

彼女は自分が座っていた座布団を刀真に差し出す。そして、美容師と着付け係に礼を言い、ひと足先にホテルへ戻ってもらったのだった。

花嫁付き添い人は部屋に残り、ふたりにお茶を淹《い》れようとしてくれた。だがそのとき、刀真の胸にフッと悪戯《いたずら》心がよぎる。

「すまないが、お茶はいらない。少し横になりたいんだ。さすがにくたびれてしまってね。一時間程度なら大丈夫だろうし、その間に私も着物を脱いでおこう」

言葉遣いは丁寧だが、刀真の口調にはノーと言わせない力が込められていた。

花嫁付き添い人は面食らったような顔をしつつ、「承知いたしました」と頭を下げて出ていく。

そしてようやく、控室は刀真と梨絵のふたりきりになった。

「お仕事が忙しかったので、疲れが溜《た》まっておられるのでしょう。わたくしのことは気にせず、横になられたほうが……ああ、でも、着物を先に脱がれますか？　そのほうが……きゃっ！」

刀真が横になるためのスペースを作ろうと思ったのか、梨絵は急いで立ち上がろうとした。そこをすかさず、手首を摑《つか》んで腕の中に引っ張り込む。

「それはもう、自分ではどうしようもないほど疲れてるんだ。とくに、このあたりが……」

摑んだ手をそのまま袴の前に持ってきた。

グイッと押しつけた瞬間、梨絵の手が強張る。

「こ、こんなところで……いけません」

「一時間もふたりきりなんだぞ。このまま横になって、何もせずに過ごせと言う気か？」

「この部屋は……他の見所に比べたら、個室のようになっておりますが……でも、廊下との隔たりは襖《ふすま》だけでございます。小さな声でも……聞こえてしまいます」

刀真に抱かれるとき、堪えきれずに上げてしまう声を思い出したらしく、梨絵は真っ赤になった。

そんな彼女を見ていると、刀真自身も堪《たま》らなくなる。

「声を上げないように我慢すればいいだろう?」

「む、無理です……わたくしには、とても……あっ」

片方の手で掛下の裾を割り、数枚の布を捲《めく》っていく。柔らかな梨絵の内股に触れ、優しくなぞりながら秘められた場所を目指した。

「梨絵、ひょっとして……ショーツを穿《は》いてないのか?」

「違います！　いえ、違わないのですけど……いつもの下着ではなく、湯文字《ゆもじ》を巻いておりますから」

俗に腰巻と呼ばれるものらしい。下着に違いはないとはいえ、男の刀真にすれば大違いだ。

「愛してるよ、梨絵」

愛をささやくと同時に唇を重ねた。何度口づけても飽きることがない。梨絵の唇は柔らかく、刀真の理性を溶かしてしまう。

彼は純白の掛下に隠れた指を動かしながら、花びらの奥から滴らせた蜜をかき回した。

「……んんっ……んんーっ！」

梨絵の口から押し殺したような声が漏れる。彼女は少しだけ脚を開き、下肢を小刻みに震わせ――直後、愛の泉から溢《あふ》れ出した液体が湯文字を湿らせていく。

唇を離すと、梨絵は荒い息を繰り返していた。瞳にはうっすらと涙が浮かんでいる。

刀真はそっと彼女から手を引いた。

「頼むから泣かないでくれ。私は君が本当に嫌がることはしない。悪かった。これ以上は何もしないから……」

愛しいあまり、無茶をし過ぎたのかもしれない。そんな反省をしつつ、刀真は梨絵から離れようとした。

だがそのとき、クイと腕が引っ張られた。細い指が刀真の袖をしっかりと握り締めている。

「梨絵？」

「嫌なんて……あなたにされることで、嫌なことなどひとつもありません」

刀真は少年のようにドキドキしながら、梨絵の顔を覗き込む。

「それは、この場で抱いてもいいということか？」

「……刀真さまの意地悪。そんなこと……言葉になんて」

梨絵の顔に浮かんでいたのは、これから刀真にされることへの期待。火照った頬と荒い息がその証に思えた。

刀真は迷いを捨て、梨絵の身体を畳に押し倒す。

畳の上に広がる漆黒の髪、花嫁にふさわしい白い装いが、刀真の身体を熱くする。

そのとき、すぐ横の廊下から大勢の足音が聞こえた。話し声だけでなく、笑い声も刀真の耳に届く。

次の瞬間、刀真は梨絵の脚を左右に開かせ、その間に身体を滑り込ませていた。袴の裾をたくし上げて昂《たかぶ》りを取り出すと、ひと息に押し込んだ。

「あ……ん。やぁ……んん……刀真さま……あぁ」

「梨絵、梨絵、ずっとこうしたかった。白無垢姿の君を激しく抱いて、私の色に染め上げたい。そう思っていたんだ」

「はい……愛して、います。あなたの……望むままに」

帯を解き、着物を脱ぎながら、ふたりは片時も離れずに抱き合う。それは、至福の時間だった。

ただ……問題は、披露宴の開始時間を一時間も遅らせてしまったことだろうか。

後日、事情を察した姉の奈子から、刀真はこんこんと説教されたのだった。

番外編二　卒業アルバムの秘密

梨絵と刀真の結婚から四ヵ月が過ぎ――最初のお正月を迎えた直後、刀真の祖母、亜久里が亡くなった。

きっかけは、年末にひいた風邪だった。

年が明けても微熱と咳が続いたため、梨絵が主治医に相談し、市内の総合病院まで診察に行こうとしていた矢先のこと。朝、家政婦が起こしに行くと、眠ったまま静かに息を引き取っていたことがわかった。

そんな亜久里の最期を聞いたとき、刀真は目を閉じて大きく息を吐いた。

何かを言いかけて口を閉じ、しばらくの間、彼は無言だった。

言いたいことはたくさんあったはずだ。それも叶《かな》うなら、亜久里に直接、不満をぶつけたかったことだろう。

だが、刀真がこの町に戻り、対等な人間として亜久里の前に立ったとき、彼女のほうはすでに力を失っていた。認知症を発症しており、自分が長年に亘《わた》り犯し続けた罪も、きれいさっぱり忘れてしまっていたのだから……。

結婚して以来、わずか四ヵ月ではあったが、梨絵は亜久里に付き添った。

最初は刀真をたぶらかしたと罵倒《ばとう》された。しだいに、梨絵を新しい家政婦と思い込み、夫を誘惑して駆け落ちするつもりだろう、と喚《わめ》き立てたのだ。

だが、認知症はあっという間に進行し……町を歩くとクリスマスソングが聞こえてくるころには、結婚を控えた二十歳前後まで戻ってしまった。

そんな亜久里は梨絵に向かって、何度も同じことを口にした。

『あたくしはね、お城の若様から妻にと望まれていたのよ。でも、相楽を継がなくてはならなかったので、あたくしのほうからお断りしたの』

さらには、

『あたくしと結婚したいという若者がいてね。まあ、見た目は悪くないし、どうしてもと言うから、夫に迎えることにしたのよ。お前のような若い家政婦は辞めさせたいところだけど、お前には夫がいるから置いてあげるわ』

仕方なさそうな言い方とは裏腹に、亜久里の言葉の端々《はしばし》から喜びが滲《にじ》み出ていた。

どうやら、刀真の祖父との結婚は、彼の容姿を気に入った亜久里自身の希望だったに違いない。

葬儀の際、梨絵は喪主となった刀真の隣に座り、黙々と頭を下げ続けた。

葬儀は社葬として行われたせいか、湿っぽさはまるでなかったが、

『苦しまずに逝《い》かれてよかった』

『手塩にかけて育てた刀真くんが、暁月城の姫さまと結婚したのを見届けて、安心されたんだろう』

そんな親戚たちの言葉を聞いたとき、奈子と刀真は一瞬で顔色を変えた。

『あれほど、家族を苦しめながら……祖父と母を殺したのは、アイツなんだぞ。それなのに……なんであの山姥《やまんば》だけ、安らかな死を迎えるんだ？』

『ええ、本当にそうね。神様が、これほどまで不公平だとは思わなかったわ』

ふたりは歯ぎしりしながら、懸命に涙を堪《こら》えていた。それも、悲しみではなく、やり場を失くした怒りの涙を。

梨絵はそんなふたりを見続けるのがつらくて……何もできなかった無力さに涙したのだった。


いろいろ思い出しながら、梨絵は大きく息を吐く。

すると、目の前に座った親友、渡辺卯月が苦笑した。

「無事に四十九日も終わったんでしょう？　そんな辛気臭い顔はやめたら？」

「ええ……」

卯月の言うとおり、三日前に亜久里の四十九日の法要が終わった。喪主の妻としての役目も果たし、安堵《あんど》しているところ……のはずが、どうにも気持ちが晴れない。

（お屋敷の空気を入れ替えて、気分を一新するためにも、卯月さんをお屋敷にご招待したのに……でも、まさか刀真さまが……）

梨絵はあることを思い出し、はあぁ……と何度目かのため息をつく。

それは、どこからどう見ても、悩みごとがあるとしか思えない嘆息《たんそく》だった。

「どうしたのよ、梨絵。大好きなおじいちゃんが亡くなったときだって、もっと前向きだったじゃない！」

先代城主である梨絵の祖父が亡くなったのは、昨年五月。

思えば、その相続税が支払えず、暁月城を寄付するかどうか悩んでいたとき、刀真から契約結婚を持ちかけられたのがはじまりだった。

祖父の死を嘆《なげ》き悲しむより、どうすれば、残された祖母の願いを叶えてあげられるか、思い出の詰まった城主館から追い出されずに済むか、そのことばかり考えていたように思う。

ただ、当たり前だが、悲しみや喪失感は今の比ではなかった。

「あのときは、いろいろありまして……おじいさまの喪が明けてすぐに、刀真さまとの婚約発表でしたので」

その『いろいろ』を説明するのはかなり厄介で、梨絵は曖昧にぼかしながら続ける。

「刀真さまのおばあさまとのお別れに、大きなショックを受けているわけではないのです。ただ、あのかたは相楽家にとって、とても大きな……存在でした」

大きな存在——いや、亜久里は相楽家に深く刺さった棘《とげ》だった。しかもその棘には毒があり、命を奪われた者もいる。幸いにも、奈子と刀真は生き延びたが……。

亜久里という名の毒に侵されたふたりは、今も苦しみ続けているのだ。

「まあ、ね。私なんかはよくわからないけど、戦後のO市にとって欠かせない人物とかって、週刊誌に追悼記事が出たくらいだもんねぇ」

「……はい。そのことも、また、いろいろと大変で……」

地元の経済紙やテレビ局のローカル番組が、亜久里の特集を組むのは仕方がない。世間の人々は彼女を、厳しいが優秀な経営者と評価しているからだ。

だが、梨絵は知ってしまった。その世間の評価が、真実とは全く違うということを。

そんな中、何も知らない人々は刀真にコメントを求める。

『亡き祖母上との懐かしい思い出を聞かせてください』

ありきたりではあるが、厳しいと言われた亜久里が孫には優しい面を見せていた、という返答を望んでいるのだろう。

しかしそれは、生真面目な刀真にとって、追い打ちとも取れる所業だった。

『アイツは、死んでまで私を苦しめようとする』

人前では平静さを装っているが、梨絵とふたりきりになったとき、刀真は唸《うな》るように呟《つぶや》いていた。

以前は、そういったマスコミ対応はすべて奈子が務めていたという。

今回、奈子はアメリカでの仕事があり、葬儀のために一時帰国しただけで、またすぐに渡米してしまった。

そのため、少しでも刀真の負担を減らすべく、梨絵がインタビューを受けたりしているのだが……。

「ひょっとして、梨絵のため息の原因って、おばあさんのことだけじゃないわけ？」

卯月の言葉に梨絵はドキッとした。

「まさか……旦那が浮気？」

「浮気なんて！　刀真さまに限って、そんなことはなさいません！」

「じゃあ、何？」

「それは……」

親友とはいえ、刀真の性癖までは話せない。

梨絵はポケットから一枚の写真を取り出し、テーブルの上にソッと置いたのだった。

結婚を機に、梨絵はチャイルド王国の仕事を辞めた。

支配人であり、親会社の副社長夫人が、一社員として働き続けることに反対の声が上がったためだ。

亜久里の存命中は、梨絵にもやることや考えることが山積みだった。

だが亜久里が亡くなり、多くの使用人に囲まれたこの状況では、梨絵の仕事などあるはずもない。

とはいえ、故人の私物を処分するのは、まだ早過ぎる気がして……。

その代わりというわけではないが、梨絵は学生時代の刀真の部屋を整理することにしたのだ。

そして出てきたのが、この写真だった。

「本棚の隅に置かれた、高校の卒業アルバムに挟まれていました。それも、ビニール袋に入れて、カバーの裏に……隠すように」

梨絵の声はしだいに小さくなる。

刀真の部屋に普通のアルバムは一冊もなかった。母親の写真も残っておらず、家族のスナップショットすら一枚もみつからなかったのだ。

そんな中、卒業アルバムだけはきちんと並べて置かれていた。

梨絵が手に取って写真の中から学生時代の刀真の姿を探そうとするのは、ごく自然なことだろう。

まさか、大切そうに隠された写真が出てくるとは——想像もしていなかった。

梨絵がうつむきながら、そのことをポツポツ呟く。

「これって、春の築城祭だよね？　私たちが高校のとき、かな？」

卯月は写真の裏に印字された日付を確認しながら、

「はい、わたくしたちが高校二年の春の築城祭です」

「写ってるのは、公募で選ばれた姫様役？」

公募では三人から五人程度の姫様役が選ばれる。

写真には、綺麗《きれい》に着飾った二十歳前後の女性と、彼女の友人らしき女性がふたり、合計三人が満面に笑みを浮かべて写っていた。中央の女性は築城祭の襷《たすき》をかけているので、姫様役に間違いない。

彼女らの笑顔に既視感を覚えつつ、梨絵は小さくうなずく。

「八年も前の写真ですから、浮気ではない、とわかっています。でも……どうして、隠すように持っていらっしゃったのか……そのことが気になって」

刀真はずっと、梨絵の存在を心の支えにしてくれていた。

奈子からそれを聞かされたとき、梨絵は本当に驚き、自分にそれだけの価値があるのかどうか悩んだ。

だがそれ以上に、梨絵の心は喜びでいっぱいになった。

愛する人の心の中心に自分がいる――それが梨絵の自信となり、刀真を取り戻すべく支配人室に乗り込んだのだ。

しかし、この写真は……どう見ても特別な女性が写ったものとしか思えない。

「聞いてみたらいいじゃない」

「そんな、刀真さまを困らせるようなことは……」

「わかるけどね。でも、どっちみち聞かれると思うよ。そんな暗い顔して、ため息ばっかりついてたら」

卯月の指摘に、梨絵はひと言も返せずうつむいた。


「お話があります、刀真さま」

梨絵は悶々《もんもん》と悩みつつ、あらたまった口調でお風呂あがりの刀真に声をかけた。

「ど、どうした？」

「実は……昨日お伝えしました刀真さまの子供のころのお部屋、今日の昼間、荷物の整理をさせていただきました」

一瞬、身構えた様子の刀真だったが、ホッとしたような笑顔になる。

「ああ、それか。姉さんの部屋と同じで、何もなかっただろう？　思い出なんかひとつもないから、全部捨ててくれていいよ」

言いながら、刀真は前髪をかき上げた。

濡《ぬ》れた髪から雫《しずく》が滴り落ち……梨絵の鼓動は無条件で速まっていく。

「アイツの部屋の整理は業者を頼んだほうがいい。書類はすべて顧問弁護士にチェックしてもらう。君によけいな負担をかけたくない。それに……山姥の棲《す》み処《か》だぞ。骨の一本や二本、平気で出てきそうだ」

茶化した物言いだが、彼の目は笑っていなかった。

本気で怯《おび》えているような……梨絵は少しでも刀真の不安を解消したくて、彼の濡れた髪に手を伸ばす。

「大丈夫です。何が出てきても、わたくしは驚きませんので」

「……梨絵」

刀真の手が部屋着姿の梨絵の腰に回され、近づいた瞬間、ふんわりと漂ってくるボディソープの匂いにクラッとした。

湯あがりの熱気に包まれ、唇を押し当てられて……。

そのまま身を任せてしまいそうになり、梨絵はハッとして刀真の胸を押しのける。

「お、おばあさまの、部屋はともかく……刀真さまの部屋から、こんな写真が出てきたのですが……」

ベッドのサイドテーブルから写真を取り出し、刀真の前に差し出した。

その瞬間、彼は目を見開いて息を呑む。

そして、心の底から驚いた声で梨絵に問い返してきた。

「これは……どこにあった？」

「本棚の隅に置かれていた、高校の卒業アルバムです。カバーの裏に……宝物のように隠されていて……」

「ああ、そうか！　そうだった。八年、いや、もう九年か。すっかり忘れていたよ」

彼の声から驚愕《きょうがく》が消え、懐かしさが滲《にじ》み出ていた。

写真に写った女性のことを考えているのだ、と思うだけで、梨絵の胸は焼けつくように痛くなる。

「皆さん、お綺麗《きれい》なかたですよね。築城祭のときだと思うのですが、どなたかが、刀真さまのお友だちなのでしょうか？」

努めて冷静に尋ねようとするが、梨絵の声はどうしても上ずってしまう。

刀真はなんと言い訳するだろうか？

そのとき、妻としてなんと答えるべきか……。

（う、浮気では、ないのだもの。決して、衝動的に怒ってはダメよ。ちゃんと話を聞かなくては）

落ちつこうとすればするほど、胸がざわざわしてくる。

だが、そんな梨絵とは真逆で、刀真の口調は極めて軽いものだった。

「友だち？　大学生のころの私に、女性の友だちなんているはずがないだろう？」

「そんなこと……Ｏ市で一番の進学校を出て、国立大学に入られたのですもの。相楽家の御曹司で……それに九年前ならもう、おばあさまは身体を悪くされていたはずでは？」

成人した刀真はようやく亜久里の呪縛から解き放たれ、大学生活を謳歌《おうか》しているころではないか。反動で多くの女性と仲よくしていても無理はない。

梨絵がそのことを告げると……刀真は困った顔で笑った。

「知ってるかい？　長い間、檻《おり》に閉じ込められた動物は、扉が開いていても、すぐには外に出られないそうだ」

刀真が成人するなり、奈子は弁護士を連れて迎えに来てくれた。

だが、彼はすぐに相楽の屋敷から出ることができなかったという。

亜久里の命令に従う義務はないのに、それでも、決められた白いシャツと黒いズボンを着て、大学と相楽邸を往復する日々を送り続けたのだ。

そんな中、ひとつだけ変わったことがある。

それは、帰宅途中で暁月城に立ち寄るようになったこと。運がよければ梨絵の姿を見られることもあったが、ほとんどが城を眺めるだけだった。

それでも、刀真にとっては大きな変化で……。

「この写真を手に入れたとき、どうしてもみつかりたくなかったんだ。もう、隠す必要などなかったのに」

家族写真の一枚も撮ってもらえなかったため、アルバムなどあろうはずもない。私室といってもプライベートは確保されておらず、勉強に必要な最低限のものしか購入してもらえず。

その状況下で、卒業アルバムは最も安全な隠し場所だった。

「ごめんなさい、刀真さま！　おばあさまに、自分がどれほど酷《ひど》いことをしたのか、気づいて欲しくて同居を提案したのです。それなのに……何もできないまま、ただ見送ることになってしまい――」

数ヵ月とはいえ、刀真に嫌な思いをさせただけになってしまった。

「いや、梨絵はよくやってくれたよ。今もそうだ。嫌な顔ひとつせず、私を世間から守ろうとしてくれている」

裸同然の刀真に抱き寄せられ、梨絵も思わず彼に抱きついてしまう。

だがそのとき、梨絵の脳裏に最大の疑問が浮かんだ。

「あ、あの、お友だちでないなら、あの写真は？」

「なんだ、覚えてないのか？　君が彼女たちを撮ってやったんじゃないか」

「……え？」

梨絵が首を傾げると、彼は屈託のない笑顔を見せた。

「なんとしても手に入れたくて、被写体の女性を呼び止めて……相楽の名前まで出して、焼き回しを譲ってもらったんだ。だがよく考えたら、画像データでもらうべきだった」

高校の卒業アルバムに隠し、たびたび取り出しては眺めて楽しんだ。梨絵の目に映ったものと同じ光景を見ている、そう思うだけで、たとえようもなく高揚した。刀真の宝物も同然だったが、大学の卒業式当日、迎えに来た奈子に攫《さら》われるように東京まで連れて行かれてしまい……。

「過去をリセットするために、この写真のことも忘れるように努力した。この屋敷に戻ってからも、思い出さないようにしていたから」

照れ笑いを浮かべる刀真を見ていると、嫉妬《しっと》していた自分が恥ずかしくなってくる。

「ほ、本当に、申し訳ありません。わたくしったら」

「謝る必要はない。いや、それどころか、君に嫉妬してもらえるなんて……写真のころを思えば夢のようだ」

唇を何度も押し当てられ、梨絵の身体もしだいに火照ってくる。

「このまま、君をベッドに押し倒せたら最高なんだが」

「わ、わたくしは、床でもかまいません！　バ、バルコニーでも」

「真冬のバルコニーは……さすがに、別の意味で勃《た》たなくなりそうだ」

刀真の腰に巻いたバスタオルが落ち、ふたりは抱き合ったまま絨毯《じゅうたん》の上に転がった。

そして、九年前の築城祭まで時計を巻き戻し、大勢の視線を想像しながら……心ゆくまで夫婦の時間を楽しむふたりだった——。

あとがき

はじめまして&お久しぶりです！　蜜夢文庫さん二年ぶりの御堂志生です。

今回、「ＥＹＥＳ　欲望の視線」が、タイトルを変えてラインナップに加えていただくことになりました。どうもありがとうございます。

本作も含めて、らぶドロップスさんで書かせてもらった作品の半分くらいが、Ｏ市が舞台のお話。ええ、岡山市です（笑）

三年前に出していただいた『償いは蜜の味』はヒロインの勤務先が、幸福屋デパートの空港店。本作に出てくる刀真の姉、奈子が、そのデパートのゼネラルマネージャーなんですよ。

ちなみに、本作のチャイルド王国の場所ですが……すみません、後楽園を潰して作っちゃいました！（↑いいのか？）

おまけに、石垣の近くとか、天守内とか、いろんなところでしちゃってます。岡山にお越しの際はぜひ、この天守内で……と思ってお楽しみいただけたら幸い、かな？

ただ、残念ながら、岡山城の天守は戦後に復元されたものなんですよね。作中では外にある茶店も実際は中にあって、途中までエレベーターもついてたりします。

そのため、天守内のイメージは姫路城のほうが近いような……。

実は私、生まれも育ちも姫路でして、お城は子供のころからごく自然に、生活に溶け込んでいました。地元の誇り、という感覚は岡山より姫路のほうが強く感じるかな？　あ、作中に出てくる築城祭は私の創作です。でも、日本中探したら本当にあるかもしれませんね。

イラストは、今回初めてお世話になります、千影透子先生。

キャラクターラフから本当に丁寧に描いていただきました。挿絵は……いやもう、一枚目からまともじゃないシーンばかりで、ホントすみません。それにもかかわらず、超美麗なイラスト満載でして、千影先生、どうもありがとうございました‼

編集のK様、そして関係者の皆様、今回も本当にお世話になりました。

初期からずっと読んでくださっている読者様、同じ時期から仲よくしてくれているお友だち、もちろん家族にも――ありがとうの言葉を。すべて皆様のおかげです！

そしてこの本を手に取ってくださった〝あなた〟に、心からの感謝を込めて。

またどこかでお目に掛かれますように――。

二〇一九年八月

御堂志生

払い終わるまで、
あんたは俺のいいなりに
抱かれる。

僕たち、体の相性いいよね？
どうしよう、こんなに
気持ちイイなんて
ヨーロッパ貴族の血を引くイケメンと、
恋に臆病な家事サービスのスタッフがセフレに!?

蜜夢文庫　最新刊！

アラサー女子と多忙な王子様のオトナな関係

arasa-joshi to tabou na oujisama no otona na kankei

天ヶ森雀〔著〕
逆月酒乱〔イラスト〕

家事代行サービスの会社で現場スタッフとして働くアラサー女子・青子《しょうこ》。ある理由から恋愛や結婚はこりごりだと思っていたはずが、仕事で多忙なため恋愛どころかデートもままならないイケメンの顧客・田崎とオトナの関係をはじめることで合意する。余計なことを考えず、ただ快楽に身を委ねるだけの関係に青子は満足していたのだが、田崎のある一言が微妙な影を落とし…。アラサー女子の一筋縄ではいかない恋と複雑な心をリアルに描いたオトナのためのエロキュンなラブストーリー。

黙って私を抱きなさい！ 年上眼鏡秘書は純情女社長を大事にしすぎている
才川夫妻の恋愛事情～７年じっくり調教されました～
イケメン兄弟から迫られていますがなんら問題ありません。
編集さん（←元カノ）に謀られまして　禁欲作家の恋と欲望
清く正しくいやらしく　まじめＯＬのビッチ宣言

鳴海澪――――――――――――――――――――――――――――
俺様御曹司に愛されすぎ　干物なリケジョが潤って⁉
溺愛コンチェルト　御曹司は花嫁を束縛する
赤い靴のシンデレラ　身代わり花嫁の恋

葉月クロル――――――――――――――――――――――――――
拾った地味メガネ男子はハイスペック王子！ いきなり結婚ってマジですか？

春奈真実――――――――――――――――――――――――――――
恋舞台　Ｓで鬼畜な御曹司

日野さつき――――――――――――――――――――――――――
強引執着溺愛ダーリン あきらめの悪い御曹司

ひより―――――――――――――――――――――――――――――
地味に、目立たず、恋してる。幼なじみとナイショの恋愛事情

ひらび久美―――――――――――――――――――――――――――
フォンダンショコラ男子は甘く蕩ける
恋愛遺伝子欠乏症 特効薬は御曹司⁉

真坂たま――――――――――――――――――――――――――――
ワケあり物件契約中 ～カリスマ占い師と不機嫌な恋人

御子柴くれは―――――――――――――――――――――――――
セレブ社長と偽装結婚　箱入り姫は甘く疼いて⁉

水城のあ――――――――――――――――――――――――――――
Ｓ系厨房男子に餌付け調教されました
露天風呂で初恋の幼なじみと再会して、求婚されちゃいました‼
あなたのシンデレラ　若社長の強引なエスコート

御堂志生――――――――――――――――――――――――――――
エリート弁護士は不機嫌に溺愛する～解約不可の服従契約～
償いは蜜の味　Ｓ系パイロットの淫らなおしおき
年下王子に甘い服従　Ｔｏｋｙｏ王子

深雪まゆ――――――――――――――――――――――――――――
社内恋愛禁止　あなたと秘密のランジェリー

桃城猫緒――――――――――――――――――――――――――――
処女ですが復讐のため上司に抱かれます！

連城寺のあ―――――――――――――――――――――――――――
同級生がヘンタイ Dr. になっていました

〈蜜夢文庫〉好評既刊発売中！

青砥あか

入れ替わったら、オレ様彼氏とエッチする運命でした！
結婚が破談になったら、課長と子作りすることになりました⁉
極道と夜の乙女　初めては淫らな契り
王子様は助けに来ない　幼馴染み×監禁愛

朝来みゆか

旦那様はボディガード　偽装結婚したら、本気の恋に落ちました

奏多

隣人の声に欲情する彼女は、拗らせ上司の誘惑にも逆らえません

かのこ

侵蝕する愛　通勤電車の秘蜜
アブノーマル・スイッチ～草食系同期のＳな本性～

栗谷あずみ

楽園で恋をする ホテル御曹司の甘い求愛

ぐるもり

指名Ｎｏ．１のトップスタイリストは私の髪を愛撫する

西條六花

年下幼なじみと二度目の初体験？　逃げられないほど愛されています
ピアニストの執愛　その指に囚われて
無愛想ドクターの時間外診療　甘い刺激に乱されています

高田ちさき

ラブ・ロンダリング　年下エリートは狙った獲物を甘く堕とす
元教え子のホテルＣＥＯにスイートルームで溺愛されています。
あなたの言葉に溺れたい　恋愛小説家と淫らな読書会
恋文ラビリンス　担当編集は初恋の彼⁉

玉紀直

甘黒御曹司は無垢な蕾を淫らな花にしたい～なでしこ花恋綺譚
聖人君子が豹変したら意外と肉食だった件
オトナの恋を教えてあげる　ドＳ執事の甘い調教

天ヶ森雀

純情欲望スイートマニュアル　処女と野獣の社内恋愛

冬野まゆ

小鳩君ドット迷惑　押しかけ同居人は人気俳優⁉

兎山もなか

君が何度も××するから　ふしだらなスーツと眼鏡、時々エッチな夢
才川夫妻の恋愛事情　８年目の溺愛と子作り宣言

本書は、プリシラブックス（発行：新潮社）と電子書籍レーベル「らぶドロップス」（発行：パブリッシングリンク）から発売された『ＥＹＥＳ　欲望の視線』を元に、加筆・修正したものです。

★著者・イラストレーターへのファンレターやプレゼントにつきまして★
著者・イラストレーターへのファンレターやプレゼントは、下記の住所にお送りください。いただいたお手紙やプレゼントは、できるだけ早く著作者にお送りしておりますが、状況によって時間が掛かる場合があります。生ものや賞味期限の短い食べ物をご送付いただきますと著者様にお届けできない場合がございますので、何卒ご理解ください。
送り先
〒160-0004　東京都新宿区四谷 3-14-1　UUR 四谷三丁目ビル２階
(株)パブリッシングリンク
蜜夢文庫 編集部
○○（著者・イラストレーターのお名前）様

欲望の視線
冷酷な御曹司は姫の純潔を瞳で奪う

２０１９年９月２８日　初版第一刷発行

著……御堂志生
画……千影透子
編集……株式会社パブリッシングリンク
ブックデザイン……しおざわりな
（ムシカゴグラフィクス）
本文ＤＴＰ……ＩＤＲ

発行人……後藤明信
発行……株式会社竹書房
〒102-0072　東京都千代田区飯田橋２－７－３
電話　03-3264-1576（代表）
03-3234-6208（編集）
http://www.takeshobo.co.jp
印刷・製本……中央精版印刷株式会社

ISBN978-4-8019-2009-5　C0193
Printed in JAPAN